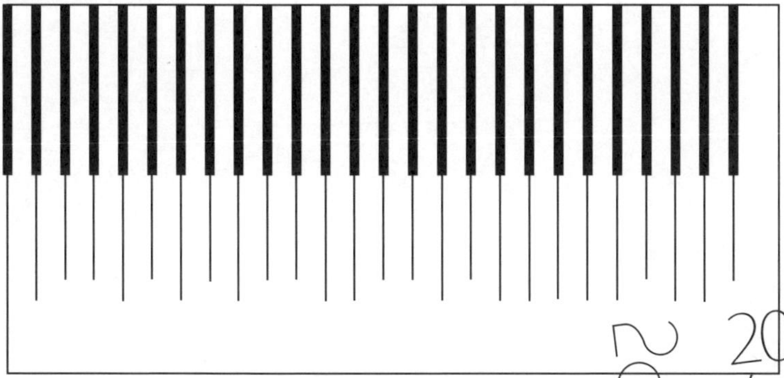

新世紀20年詩選（上）

2001–2020

蕭蕭　主編

編委：白靈、向陽、焦桐、陳義芝

編輯凡例

一、本詩選以近二十年年度詩選入選者為選稿門檻，但非以此為單一標準，另斟酌入選者在此二十年之創意性、殊異度、影響力，共薦舉六十位，三二三首詩。

二、新世紀二十年，以二十一世紀起始之二〇〇一—二〇二〇年為選稿起迄年度，偶有推前至二〇〇〇年者。

三、選材對象以二〇〇一—二〇二〇年詩作發表於臺灣出版的詩刊、詩集、詩選、報紙副刊、文學雜誌為主範疇。以文化輝煌為準的，不以國籍地域為拘限。

四、選稿矩度：以「為歷史刻畫真實軌轍，為詩人與讀者留下精彩篇章」做為選材標準。

五、編選秩序：人依出生年月序齒，詩以發表先後為次，各具倫常。

六、評傳撰述：先述生平詩事，再評近二十年特殊表現、近期重要風格，及於個別詩作的精彩眼。

目次

導言

微雲見得了陽光不一定會成為彩霞

蕭蕭

一、起之緣的端倪何止區區一端

《新世紀二十年詩選》是一部以爾雅、二魚系列「年度詩選」為思考基點的詩作集結。從一九八二年開始，詩人張默與爾雅發行人隱地共同創辦「年度詩選」，最初參與的詩人、學者、教授尚有向明、張漢良、蕭蕭、李瑞騰、向陽等，輪流主其事，其後時移世易，人事幾度變遷，參與編輯作業的主事者先後有現代詩社、創世紀詩社、臺灣詩學季刊社、二魚文化公司等，開啟並維繫著華文世界年度詩選的傳統。在臺灣，另有一支以前衛、春暉出版社先後承續的年度詩選應市，自有其歷史軌轍與美學導向，可供後來的學者斟酌、參商、研究，以為佐證之資。

大華文圈新詩百年（一九一七—二〇一七）剛過，臺灣詩壇小範疇的新詩百年（一九二四—二〇二四）未到，不過，相對應的紀念性選集或論集則已出現，繽紛多彩。如張默、蕭蕭策畫的《新詩三百首．百年新編》（九歌，二〇一七），陳大為與鍾怡雯主編的《華文新詩百年選．臺灣卷》、《華文新詩百年選．中國大陸卷》（各兩冊，九歌，二〇一九），兩者都以板塊方式呈現，臺灣與大陸成為華文世界的兩大板塊，除此之外的地區，三百首稱之為域外篇，包含了美加、港澳、東南亞各國，百年選則專注在香港與馬來西亞的發展，但為數不大，所以將詩作含籠在香港文學、馬華文學卷中。不同的是，三百首以「列傳體」方式論述，見出詩人的個體風格與歷史轉折，企圖「為過去的百年留下系譜，為未來的歲歲年年草擬想像的地圖」；百年選則以「編年體」的格式，一或二年揀擇一或二首，顯示詩作體勢的流變，期望「見證大時代的動盪，在詩史長軸中展現西方文學思潮的衝擊、各世代詩人的美學差異。」論述方面，臺灣詩壇又有以現代詩為授課專業的學者鄭慧如出版《臺灣現代詩史》（聯經，二〇一九），角度特殊：以長詩創作為焦點詩人的門檻，態度堅定：拒絕散文化的詩人進入她的詩史，因而泛起漣漪無數。但在詩作解剖上，刀法俐落，未嘗不可以視為另一種附有長文評價的百年詩選。

二者相較，「年度詩選」作為瘦削的線型伏擊，有著奇兵突襲的驚喜，「百年詩選」引入系譜學、地理學、編年體的分析，可以綜觀全局、推演歷史，具全了沙盤效應。二者各有優點，當然也都有視野無法顧及的區塊，世間真的罕有「不負如來不負卿」的雙全法！

時序進入二〇一九年時，我們想到，如果以世紀之交的二〇〇〇年為界線，年度詩選屬於二十世紀的前十九年，大抵以前行代詩人（人約出生於一九二〇～一九四〇—）為活躍主角；二十一世紀的後十九年，則以中生代（一九四〇～一九六〇—）、新生代（一九六〇—）詩人創作量最高。「二十年詩選」的構想，由此展開。

《新世紀二十年詩選》的編選原則，即以二十一世紀發行的「年度詩選」為底本，曾經入選五次以上為門檻，幾度開會斟酌、確認，進出之間仍不免有破格擢取或削減的建議，也有年長詩人謙讓入選的意外。因而，新近三、四年躍升的璀璨新星，在二〇〇一—二〇二〇的長時程裡未必有積累的厚度，他們的光芒或許要在未來的某一部二十年詩選中輝煌，雖然在歷次會議中他們常被提及，卻也不免成為遺珠之憾。同理同心，新世紀之初創作力旺盛的前輩，後繼力乏者則檢視其創新度、影響度作為指標，唯以「為歷史刻畫真實軌轍，為詩人與讀詩人留下精彩篇章」做為選材標準。若是，《新世紀二十年詩選》的總集式出版，似乎也在呼應二〇〇〇年五月爾雅出版社的〈世紀詩選叢書〉的別集方式，當時參與的有十二位詩人之世紀詩作：周夢蝶、洛夫、商禽、辛鬱、向明、管管、張默、席慕蓉、蕭蕭、陳義芝、白靈、焦桐。同樣以「為歷史刻畫真實軌轍，為詩人與讀詩人留下精彩篇章」做為當時選詩標準。

當時的〈編輯弁言〉曾說：「二十世紀是現代詩擅場的世紀，現代詩是二十世紀臺灣文明的產物與象徵。」當然，弁言中也提到藝術的教養與文學的傳承：

> 文學的傳承不能再出現斷層，二十世紀臺灣現代詩將成為二十一世紀的新傳承。
> 藝術的教養不能再缺乏滋養，二十世紀臺灣現代詩將成為二十一世紀臺灣人的新教養。

新世紀來了，我們藉此檢驗這二十年的詩的靈魂的傳承與悸動吧！

二、承其所不能不承的詩之本質

詩之所以為詩，自有其本質性的存在。

就「詩」這個字的字源分析，或許可以找到「詩」的本質。

（一）從部首「言」字來看

「詩」字在「言」部，我們常說：詩是語言的藝術。許慎《說文解字》在「言」字下很明確的說：「直言曰言，論難曰語。」段玉裁注，引述前人經書的見解三則，大約不離此意：

甲、「直言曰言，論難曰語。」「直言曰言，答難曰語。」

乙、「發端曰言，答難曰語。」

丙、「言，言己事；為人說為語。」

至於「語」字，《說文解字》卻是三個字的輪遞銜接，互為說解：「語，論也。」「論，議也。」「議，語也。」「語」這個詞，有著對話的模擬，論議的本性，有著內在思想的思辨需求。

所以，「言」是主觀的、發端性的話；「語」則是對別人發言的回應，對客觀事務的反饋。「言」有獨創性的自我要求，「語」有對應性、溝通性的必要。「言」是獨白，「語」則是對話；「言」是創新式的獨白，「語」則是傳播性的對話。「詩」字在「言」部，顯然詩的語言要求比之於其他文類更要講究，基本上存在著要有自己的中心旨意，才能有跟別人（讀者）對答、論難的基礎。

（二）從整體「詩」字來看

許慎《說文解字》對「詩」字的解釋，十分簡潔：「詩，志也，从言寺聲。」以此往前推敲《毛詩序》的話：「詩者，志之所之也。在心為志，發言為詩。」二者都同意：詩就是志意的志、志向的志，《說文》：「詩，志也。」「志，意也。从心㞢，㞢亦聲。」（㞢即之）「意，志也，从心音，察言而知意也。」這三字也是迴環式的相互說解，依據這個系統，「詩」與「志」、「意」站在相同的高度，詩就是詩人志意的外顯的符徵。

許慎說「詩，志也。」白話的說法就是：詩就是心。這時候的「志」，只是一個靜態的名詞。毛亨說「詩者，志之所之也。」白話的說法就是：詩就是心所嚮往，心意所經歷的過程。這時候的「志」，就不只是一個靜態的名詞，而是一個會思考、有動能、實踐中的生命。我喜歡毛詩序的說法，「志之所之」，有意（志也）有象（所之，所往），有動態感，有畫面呈現，彷彿可以看見詩人所追求的意向，奔馳的艱辛。

（三）從偏旁「寺」字來看

「詩」字分成左右兩半，左半的「言」是顯示內涵的形符、意符，右半的「寺」則是聲符，根據宋人王聖美（王子韶，字聖美，宋太原人）的「右文說」，形聲字的聲符不只是表音而已，其實也兼負著協佐形符的表義功能。

「寺」字，現在都用來指稱供奉神佛、頌讚神佛的建築，自有一種神祕而莊嚴的氛圍。但《說文》的原始說法卻是：「寺，廷也，有法度者也。」類近於最早的詩歌總集《詩經》的朝會之樂（大雅）、宴饗之樂（小雅）、廟堂之樂（頌），是在朝廷之上，依循禮樂、法度的盛大儀式中進行的詩歌樂舞。以此「詩」字偏旁的「寺」來印證「詩，志也」的說法，都在強調詩的實質內涵，不論是抒情、詠物、敘事的作品，不管是長詩、短詩、小詩的不同篇幅，應該都要具足人生的思考，包括哲理的脈絡與深度，教化的功能與可能。這才不辜負造字者引「寺」聲為「詩」聲的最初本衷，不辜負「寺」字聲符兼義的邊際效應。

（四）從細節「寸」字來看

再進一步細細析分「寺」字，「寺，廷也，有法度者也」已如上文所述，「从寸，㞢聲」則可以再加玩味。

「詩」字從「寺」字得音，「寺」字與「志」字都從「㞢」字得音。「㞢」是聲符兼義，其義來自「之」，因為「㞢」是「之」的變體，「之」作為動詞用的時候有「往」、「向」的意思，所以，「寺」字與「志」字就有了「往寸」、「向心」的意思。天使藏在「細節」裡，這「寺」字的最小元素「寸」就有了思索的必要。

《說文》云：「寸，十分也。人手卻一寸動脈謂之寸口。从又一。」許慎的這段話說的簡略，但值得深思，「寸，十分也」，意思很清楚，就長度而言，十分就是一寸，但段玉裁的注卻加深了「寸」這個字的哲學厚度：「度，別於分，忖於寸。」所有長度的細部區分是以

「分」作為量度，但是考量如何增減時卻在「寸」的單位點上斟酌，「分寸」是一個偏義複詞，重點就在「寸」字上，「守住分寸」、「不知分寸」，要的就是「忖於寸」。分比寸小，但我們形容微小、微量時，都用「寸」字：寸土必爭、手無寸鐵、寸步不離、寸步不讓、寸步難行、寸草不生、寸草不留、寸草春暉、寸陰寸金，寸管、寸札、寸進……，似乎都經過忖度、衡量。「詩」這個字藏著小小的「寸」，應該有「忖」的深義在。

許慎又說「人手卻一寸動脈謂之寸口。从又一。」是指人的手腕退一寸的地方，中醫謂之寸口（脈），這就是橈骨莖突內側橈動脈搏動處，依序有寸脈、關脈、尺脈，中醫把脈而知生理、醫理，寸口脈所在長約一寸，雖小卻是關鍵，「詩」字中有這個小「寸」，彷彿也在暗示「詩」的用字應該精約而精準吧！最後的「从又一」，「又」是「手」的象形，「一」則是指出寸口之所在，這是一個象形兼會意的字，字群中蘊藏這「寸」字的字，如「將」「尋」「溥」「導」「專」「博」「傅」，普遍都有這種凝神於一點以解決百疑千惑的企圖，都有振葉尋根、觀瀾索源的法度與途徑何在的追求，一如「詩」這個字所顯現的四種向度。

「詩」這個字穿透兩千多年的文學史，直到二十一世紀，依然要以生命的思考為其主內涵，講究開展的法度與自我的節制，以尋求人我溝通的契機。例如被白靈譽為「臺灣詩壇的傳奇風景，華文文學界的瑰寶」的周夢蝶（周起述，一九二〇—二〇一四），白靈發現周夢蝶的詩作特別喜愛使用驚嘆號「！」與問號「？」，因為「他要探求的是人面對生命、面對大千宇宙和人心最底層時的驚訝（！）與困惑（？）。」「他詩中的生命觀與宇宙觀早期是『驚多於惑』，其後是『惑多於驚』，最後衍發出『驚惑同觀』（如實觀照）的生命美學，且越後期『瞬時自如感』頻率越高。」（見本書白靈所撰〈周夢蝶評傳〉），詩，就是周夢蝶終其一生，孜孜矻矻，「對人性與自然宇宙可知與未可知的無盡探索」的結晶。

或者以出生於東部花蓮，育成於中部東海，遊歷愛荷華、柏克萊、西雅圖、香港再返回臺灣的楊牧（王靖獻，一九四〇—二〇二〇）為範式，陳義芝指出他以中西古典學術為後盾，鍛鍊心靈思想的翅膀，不僅再造現代詩的形式美，更重要的是揭示出現代人「生命的意義」。陳義芝強調楊牧「作品中的時代語境，包括戰爭傷害、天災、歷史事件、範型人物事蹟、民族滄桑，以及個人的理想追尋。他以左翼知識分子的情懷，闡揚愛與同情，超越狹隘的政治界域，探索人性，悲憫嚴肅。」（見本書陳義芝所撰〈楊牧評傳〉），這裡所揭示的就是詩的傳承，永遠不易的課題：鍛鍊心靈思想，揭示生命意義。

三、轉與變是新詩活力的大源泉

不轉、不變，不足以稱為新世紀。

回想臺灣歷史的幾次大轉、大變：一八九五年開始，臺灣人的自我意識遁入迷惘與懷疑中，面對日本殖民政府的叫囂，臺灣人懷疑自己做為清國奴或中國人是否可恥；面對越來越遙遠的滿清政府，臺灣人不知河洛文化的血緣重要還是當前生活壓力的抗壓性重要。這一年，歷史大斷裂，臺灣人西行的船隻漸漸轉向北進。一九四九年，臺灣與大陸地理大斷裂，臺灣海峽成為天塹，國民政府來臺，河洛文化與中原文化卻有了日常生活的微妙呼應，重新繫連。政治戒嚴，經濟起飛，國民政府要以臺灣作為反攻大陸的基地，臺灣人民藉此擺脫日本二等公民、島國意識的桎梏。一九八七年，臺灣解除戒嚴，民主化進展神速，兩岸交通時緊時縮，臺灣人的自我意識逐漸醒覺，但依舊擺盪在中華文化與中國制度如何疊合的複雜思維裡。

臺灣新詩在這樣的文化大背景下走進二十一世紀。新世紀的這二十年，電腦、筆電、平板、智慧型手機一再翻新，臉書、LINE社群成為交誼、謀生的新工具，網路語言直白而不能免於霸凌的趨勢，道德失去公眾標準即使是行政首長也輕忽，國家認同出現嚴重分歧，因此，社會寫實詩、人道關懷作品相對減少，但整體而言，相對於其他文類，詩的創作與出版卻異軍突起，勝過二十世紀的後五十年。這樣的轉與變，或許可以用三個以「自」開頭的成語作為圓心，展開扇面景觀。

（一）自足媒體

新世紀是「自即媒體」「朕即天下」的時代。

最早興起的是一九九七年的Weblog（Web+log，網路日記），是個人在網路上日日書寫的情緒抒發、行事紀錄、閱讀心得、觀察感觸、資訊分享，後來有人將Weblog轉換為We blog，blog就成為新興的網路術語，臺灣翻譯為「部落格」（或「網誌」），書寫者就被稱為「部落客」），大陸的譯名是「博客」。好發議論的部落客喜歡評論時事、公民議題，專注藝術的部落客加貼攝影、影片、繪畫、音樂，「部落格」逐漸量增、質變，加添了品頭論腳的回應，匿名匿姓的酸言酸語因而滋生。臺灣盛行的PCHome 個人新聞臺、痞客邦（Pixnet）、Xuite 日誌、中時部落格、udn部落格等，養成許多詩人隨手、隨時寫詩的習慣。

更為普及化、幾乎造成全民運動的，是創立於二〇〇三年的美國社會化媒體網站Facebook，據說這名稱的靈感來自美國高中學生的聯絡資料通訊錄「face book」，到了臺灣，十三歲以上「人有一臉，必有一書」，誰都有這麼一本人生聯絡簿，許多人沿襲Web+log（網路日記）的習慣，逐日有作，或二或三，或五或六，不僅跟昨日的自己比賽，還跟今天的臉友競爭，臉書上因此成立許多同好群族，詩作的數字從此無法估量。這些詩作進而流向平面媒體，進而成立詩社，活躍詩刊，促成詩集的出版與銷售，復興詩運。

這樣的「自」即「媒體」，「朕」即「天下」，英語稱之為self-media或we media，「我」匿藏於「我們」之間，創作的勇氣增加了，「我」消失於「我們」之中，獨特的風格泯除了。新詩創作在這種「自媒體」（或稱草根媒體、個人媒體、公民媒體）發達的時代，湧現了極大的創作量，從網路到紙本，一路湧現，披沙揀金的鑑賞者也加倍了閱讀負擔。

（二）自我約束

自媒體激發了許多新詩愛好者的創作荷爾蒙，新世紀啟創的這二十年，出版業蕭條，卻獨有新詩出版異軍突起。但也在人人可以敲鍵盤以成詩的氛圍中，總有詩人逆向思考，如曾帶著百萬農民上街頭的詹澈，擅於長篇長句敘事，蕪雜不避，但白靈指出：詹澈在《下棋與下田》詩集中曾以三十幾首詩的篇幅試驗著所謂「五五詩體」（每首五段，每段五行），到《發酵》更集其大成，所以他選入此中力作。又如瓦歷斯．諾幹近二十年來關注全球化和在地化的議題，向陽指出「他的詩在表現臺灣原住民特有的文化、原住民族集體記憶的深層結構之外，也具有後殖民文學的抵抗精神；他擅長使用原住民族神話、傳說，經營魔幻想像，又能善用原住民歌謠的重沓唱腔，轉為詩節，使他的詩既具奇詭意象，又兼獨特的聲韻。」當然向陽也看到了這位泰雅族詩人提倡「二行詩」，用以推展他在各地小學的新詩教育，且卓然有成，極受歡迎。

這種小行數的小詩教學，林煥彰曾利用《聯合報．副刊》海外版編輯之便，向東南亞各國華文世界推廣，他以「六行詩」（含以下）作為寫作的極限，激勵華裔華文創作者先從六行詩起步，不以理論闡述六行之必要，而以經驗傳述六行的輕巧，獲得轟然響應，其餘威甚至及於大陸本土。

其後，白靈及其所屬臺灣詩學季刊社倡導「截句」（四行含以下）寫作，蔚為熱潮，三四年間發行近五十種域內域外相關詩集、詩選，激起初寫者對新詩寫作的熱情，應該就是這種按部就班、先小後大的方法學所造致。

詩人自我約束，以固定的行數或形式來約束自己，從新詩掙脫格律以來就一直有人嘗試找尋新形式，如洛夫、向陽的十行詩，岩上的八行，游喚的七行，白靈的五行，陳黎的三行，張錯的十四行，但都只是階段性的實驗，個人表達的突破嘗試，能以既定的形式作為創作的導引，熟悉既定的形式從而突破形式的漸進性教學，唯有在寫詩熱潮逐漸形成的新世紀初期，才有的特殊現象。

形式的馴服是新詩創作最基本的一小步，創意的翻湧卻是新世紀未能預推的驚喜、絕大的收穫。

（三）自出機杼

自出機杼者不可遍數，挑引數位以見其端。

唐捐以學者的身分無畏的衝撞最為引人，陳義芝引述唐捐的話「曾遊地下一千米，顧御天邊萬里風」，說唐捐一向的志趣就在發揚古書所學，研發出寫詩的新「技倆」。他那拆解、拼裝、改造的作風，看似走偏鋒地胡攪蠻纏，其實是為擴大潑灑之幅度，為彌縫語音的縫隙、攀越語意的坡坎，試圖將反常合道的技法發揮到極致。陳義芝認為老學究因思想古板未必會欣賞其怪招，但新人類因「無知於舊學」只愛看熱鬧也未必識其門道。

母語的書寫在新世紀已成為大家嫻熟的新詩語言，焦桐指出向陽是臺語詩的先行者，而「方言詩的寫作是一種政治策略，很自然帶著一種政治性格，企圖顛覆官方話語型式的箝控，顛覆國家機器長期貶抑、壓制方言的政策。基本上這是一種異質的發聲，而非同質的呼應，是一種去殖民化（decolonisation）的過程，在語言的混血中，檢視主流、典範論述，這種顛覆性乃是後殖民論述的普遍特質。」（見焦桐所撰〈向陽評傳〉）向陽則以張芳慈為例，指出「她以客家女性受到父權文化宰制的傳統情境，開展客家女性主體書寫，流露客家妹有自家个天光日的自信和恢宏企圖。她的客語詩和自身的生命歷程、臺灣的被殖民經驗，以及女性意識緊密結合，充分表現出一個客家女性詩人的獨特身姿；在語言上又能表現客語的聲韻，以流動、細膩的音樂性彰顯客語之美，這也使她的客語詩得以和音樂、戲劇進行跨界合作，為客語詩開創更

寬廣的展示空間。」（見向陽所撰〈張芳慈評傳〉）

多語多元的混雜文化一直是臺灣文化的恆常現象，身分的認同也常在混濁中尋找明礬，白靈看見了臺灣詩壇身分極為特殊的辛金順，不住在臺灣詩作卻大量在臺灣媒體上發表，說他生於「多語漂浮的小鎮」卻「常常在日常語境中，尋找一個個不斷變異和迷失的自己」，同時熟悉福建話、潮州語、吉蘭丹土話、華語、馬來語、泰語等多種語言，在不同語境中不停變聲與變身。後來始發現「唯有通過華語華文，才能抵禦自己的文化身體不被侵蝕」。辛金順現象或許多了一重在臺灣、在各地華語文化的象徵意義。

女性詩人特有春華秋實，席慕蓉、陳育虹、顏艾琳、羅任玲、林婉瑜……各自燦亮著原有的燦亮，以向陽所述為例，他以崔舜華二〇一七年推出的第三本詩集為例，指出「她以英文absent塑造一個不存在的〈婀薄神〉，暗喻日常生活的虛無與匱乏，以及在此一狀態中的女性身體經驗與內在世界的荒涼感。從生活、愛情和性，內在心靈和身體感官的交互拉鋸中，呈現了迴異於抒情傳統的狂野、暴烈和荒謬語境。……成功打造了一座女性精神史的廢墟花園。」增加了另一種女性詩人的燦亮。性別議題在二十世紀末期即已成為詩人關注的客體，焦桐藉由陳克華們的情色詩指出，情色詩其實隱含著政治性：「詩人書寫情色或性愛描繪，常是一種道德、良知的覺醒，更是一種叛逆，對道德禮教的反抗。他們試圖通過情色詩，號召受到壓制的族群如同性戀、戀物癖、自戀癖……揭竿起義，反叛霸權話語，這是一種關乎身體的權力爭奪戰。」新世紀的這二十年，「性／別」仍然翻新著話題，闢開著新戰場。

自出機杼，獨造風骨，新世紀應該有這樣的輝煌。

四、合，另一個「起」的起之緣

合而為《新世紀二十年詩選》，皇皇八百頁，雖有承先啟後之責，但在新詩的長河中不過是小小一節流程，不論眼前有多少沙鷗翔集，錦鱗游泳，站在歷史的山頭一望，依然是波瀾不驚，一碧萬頃。

二十年的起承轉合，泅泳其中，那可見的弧度隱示著下一個不可見的弧度。

二〇二〇 新冠侵襲．節氣清明

周夢蝶（一九二〇——二〇一四）

評傳

周夢蝶（周起述，一九二〇—二〇一四），籍貫河南淅川。一九四八年隨青年軍渡海來臺，一九五二年發表處女詩作，一九五六年加入藍星詩社，一九五九年四月一日起，於臺北武昌街明星咖啡屋騎樓下擺設書攤，專售現代詩集、詩刊及文哲叢書，並出版《孤獨國》。曾獲中國文藝協會新詩特別獎、笠詩社詩創作獎、中國詩歌藝術學會詩歌藝術貢獻獎、中央日報文學成就特別獎、臺灣年度詩獎、及第一屆國家文藝獎等。新世紀之後出版詩集《十三朵白菊花》（洪範，二〇〇二）、《約會》（九歌，二〇〇二）、《有一種鳥或人》（印刻，二〇〇九）、《風耳樓逸稿》（印刻，二〇一〇，與《孤獨國》、《還魂草》合集）等。

簷下詩僧深情行走人間，感性滲入宗教，早期創作傾向概念冥想、鍛句造境，字悲而語寒；晚期則多幽邃哲思、禪意悟境，情味悠然玄妙，空靈而淡遠。二〇〇二年周夢蝶獲頒臺灣年度詩獎，詩選的讚辭說他：「自從遷入《孤獨國》、嘗盡《還魂草》之後，施展其『無上定靜功』，寡言少語，特立獨行，宛如詩壇一株不拒愁也不畏冷的『隱花植物』，如是者數十載，直至近歲，始以償友誼之『債』的心情，相繼出版《周夢蝶・世紀詩選》及《約會》、《十三朵白菊花》兩本個人詩集。真情深喻，淺近演出，所思更加貼近天地無聲的心跳，『垂釣十方三世』，所遇無非是詩，禪語生花，伶俐可親。誠然後世晚生另類典範。」大致可看出其迥然不同於其他詩人的玄奧特質。

由入選的七首詩可看出周夢蝶的詩作特別喜愛使用驚嘆號「！」與問號「？」，自有新詩以來，他是使用這兩個符號頻率最多的詩人，在他已出詩集中各使用了三百多次，代表了他要探求的是人面對生命面對大千宇宙和人心最底層時的驚訝（！）與困惑（？）。「他詩中的生命觀與宇宙觀早期是『驚多於惑』，其後是『惑多於驚』，最後衍發出『驚惑同觀』（如實觀照）的生命美學，且越後期『瞬時自如感』頻率越高」（白靈），其對人性與自然宇宙可知與未可知的無盡探索，一一化為介於可感與常人不可盡悟之間的禪思妙語，發人深省，允為臺灣詩壇傳奇風景，更是華文文學界瑰寶。（白靈）

潑墨

——步南斯拉夫女作者Simon Simonovic韻

曾以怒氣寫竹喜氣寫蘭，亦曾
於酒酣耳熱之後
一頭栽進墨汁裡，之後
又一頭撞到宣紙上

醒來時已竹生子，子生孫
孫又生子子復生孫生子了！

自來聖哲如江河不死不老不病不廢
伏羲，衛夫人，蘇髯，米顛
在如椽復如林的筆陣之外
一努五千卷書，一捺十萬里路
風騷啊！拭目再拭目：

一波比一波高！後浪與前朝前前朝

辛巳年四月十二立夏前夕

原載二〇〇一年五月二十三日《中華日報・副刊》

選自《有一種鳥或人》（印刻，二〇〇九）

偶而

生活裡沒有偶而，
是挺不好受的——
你說。

偶而接到一張喜帖，燙金，印有
花圓月好或春雷動了的喜帖；
偶而一點飛花落入硯池裡；偶而
一聲溫旭如慈母的叮嚀
來自北京或洛杉磯；最難得

在深夜，在後陽臺或前陽臺
當我負手而立，偶而
一縷幽香細細來自天上
或來自住著三朵紅茉莉的隔壁

（生活裡沒有偶而
是不堪忍受的！）

然而然而然而像這樣這樣
「被卡在電梯裡足足兩小時
縱然有蕭薔或陸小芬作陪」或
如某士人，唯美的頹廢主義者所艷稱：
「奈何日。咯一口血
由侍婢柔若無骨的手扶著
到前庭看紅芍藥」
像這樣，這樣的偶而
咱可是想也不敢想，真的
想也不敢想。雖然

雖然十分十分難以想像，如果
如果生活裡沒有偶而

原載二〇〇一年十二月二十日《聯合報・副刊》
選自《有一種鳥或人》（印刻，二〇〇九）

賦格

——乙酉二月廿八日黃昏偶過臺北公園

風過處
誰家的步步高，翛然
垂天之雲的扇面一般的展開——
好一群小麻雀，孿生，且有志一同
只嫌翅太短河太淺天太窄
粒粒金黃色香稻的陽光尚不足一飲一啄！

腸一日而九回：
由呱呱的第一聲哭到陣痛
易折而不及一寸的葉柄可曾識得
自己的葉脈，源流之所從出？

是誰說的：再也沒有流浪
再也沒有流浪
可以天涯了。
去時路與來時孰近？昏月下
信否？匍匐之所在
自有婆娑的淚眼與開張的手臂
在等待。在呼喚

誰是旋轉誰是軸？依舊
拱橋。依舊荷香綠波藻荇和游魚。雖然
麻雀老矣，賦格又不同於律絕
而非非想諸天鼻梁之孤直而長且高
也不是一飛而可沖的。

善哉十行

人遠天涯遠？若欲相見
即得相見。善哉善哉你說
你心裏有綠色
出門便是草。乃至你說
若欲相見，更不勞流螢提燈引路
不須於蕉窗下久立
不須於前庭以玉釵敲砌竹……

若欲相見，只須於悄無人處呼名，乃至
只須於心頭一跳一熱，微微
微微微微一熱一跳一熱

原載二〇〇五年五月十八日《聯合報・副刊》
選自《有一種鳥或人》（印刻，二〇〇九）

急雨即事

誰說雨不識字，
　未解說法？

燠熱的午後。好一陣急雨！
也不知打誰的手裡眼裡來
一時高處高平低處低平
一時所有的溝洫皆滿
　所有的稻麥皆回黃轉綠
而分植於夢裡故園庭院兩側
紅白二石榴，久久斷無消息的

原載二〇〇六年一月二日《中央日報‧副刊》
選自《有一種鳥或人》（印刻，二〇〇九）

一時灼灼，也豁破了雙眸……

信知一滴之濕，可解
百千億劫之苦之熱。誰說
誰說雨不識字，
　未解說法？

花心動

——丁亥歲朝新詠二首

之一

那薔薇。你說。你寧願它
從來不曾開過。

與惆悵同日生：

原載二〇〇七年三月二十日《中國時報・人間副刊》

那薔薇。你說。如果
開必有落，如果
一開即落，且一落永落

之二

眼見得眼見得那青梗
一路細弱的彎下去彎下去
是不能承受歲月與香氣的重量吧

搖落安足論
瘦與孤清，乃至
輾轉反側。只恨無新句
如新葉，抱寒破空而出
趁他人未說我先說

原載二〇〇七年三月二十四日《聯合報・副刊》
選自《有一種鳥或人》（印刻，二〇〇九）

止酒二十行

八十九歲生日遙寄
劉敏瑛臺中
兼示黑芽

儘癡癡等黃河之水之清到幾時？
愈老愈清愈醇愈辣而有風調：
五十八度的我，蹲在
一百一十六度的甕底，頻頻
復頻頻呼喚再呼喚你：
只賸一半了！
真的，只賸一半了！
一半是多少？有幾個一半？

淵明陶公有止酒詩
卻不止酒。忝為陶公私淑之門牆如不敏
庸敢冒天下之大不韙
而止昔賢之所不能止？

從來飲者與聖者與大道與青天
總一個鼻孔出氣；
而詩心與天地心之萌發
應自有酒之日算起——

酒有九十九失而無一好。
是誰說的？舌長三尺三寸
酒德頌作者之渾家？
嚇！婦人之言如何信得？

原載二〇〇九年三月《文訊》二八一期
選自《有一種鳥或人》（印刻，二〇〇九）

洛夫（一九二八——二〇一八）

評傳

洛夫（莫洛夫，一九二八—二〇一八），另有筆名野叟。籍貫湖南衡陽，一九四九年來臺，淡江大學英文系畢業。曾任海軍編譯官、東吳大學講師、北京師範大學等校客座教授。一九五四年與張默、瘂弦創辦《創世紀》詩刊，並擔任總編輯數十年；一九六九年號召「現代詩歸宗」，組成「詩宗社」。一九九六年移居加拿大溫哥華，曾邀集詩友組成「雪樓詩書小集」，約請藝術家組成「加拿大漂木藝術家協會」，此後往來於臺灣、加拿大、中國大陸各地，談詩論藝，深受矚目與尊崇。

洛夫詩作，初期表達個人情懷，後受存在主義與超現實主義啟迪，意象繁複而瑰麗，語言冷肅、奇詭而多變，素有「詩魔」之稱。新世紀之後出版詩集《漂木》（聯合文學，二〇〇一、二〇一四、二〇一八）、《背向大海》（爾雅，二〇〇七）、《如此歲月：洛夫詩選（一九八八—二〇一二）》（九歌，二〇一三）、《唐詩解構：洛夫的唐韻新鑄藝術》（遠景，二〇一四）、《昨日之蛇：洛夫動物詩集》（遠景，二〇一八）等。

對洛夫的評述，最具全面性、精準性的應屬陝西評論家沈奇的這段話：「精湛的意象，孤絕的氣質，富於創造性的形式追求和獨自深入的精神境界——由此生成的洛夫詩歌品質，得西方現代詩質之神而擴展東方詩美之器宇，獲古典詩質之魂而豐潤現代詩美之風韻，為中國新詩的成熟與發展，提供了更多有益於詩體建設的元素和特質，使之具有更明晰的指紋和更豐盈的肌理。」他自己則將創作生涯分成五個時期：抒情時期，現代詩探索與實驗時期，反思傳統、融合現代與古典時期，鄉愁時期，天涯美學時期，究其實也無法如此精確而斷然劃分，不如將這五個時期視為五種風格，是在不同年代有著不同的偏倚，不同的篇章有著不同的揮揚。

新世紀之初，洛夫移民加拿大後寫作並出版《漂木》，應該是所謂天涯美學的展露，他自己與一般論者都視之為三千行長詩，但沒有人去探討四章之間：漂木、鮭、浮瓶、廢墟的有機安排所形成的結構，或者七十首〈向廢墟致敬〉的六行小詩有何繫聯？讀者大都各別讚嘆〈致母親〉的抒情與鄉愁，〈致時間〉的思維深度，這正是將抒情、詩之探索與實驗、現代與古典之融合、天涯鄉愁，共同冶為一爐，所各自鍛造的不同色光。

因此，洛夫的天涯美學，不是到了溫哥華才釀具，鮭魚溯溪，是從現代向傳統叩取的另一種回應。（蕭蕭）

感謝洛夫家屬無償授權轉載，特此鳴謝。

致時間（節選五則）

1

……滴答
午夜水龍頭的漏滴
從不可知的高度
掉進一口比死亡更深的黑井
有人撈起一滴：說這就是永恆

7

朝如青絲暮成雪，髮啊！
我被迫向一面鏡子走近
試圖抹平時間的滿臉皺紋
而我鏡子外面的狼
正想偷襲我鏡子裡面的狽

27

有時因為風，風是我們唯一的家
夢從來不是，夢是墮落的起點
狗仔追逐自己的尾巴，我們追逐自己的影子
時間在默默中
俯視世界緩緩地墜落

37

一朵直奔天涯的金色葵花
騎著從太陽那裡借來的一匹馬
牠回頭問我：你的家在哪裡？
我默默地指向
從風景明信片中飄出的那朵雲

47

其實我是一個寬容的鎖孔
甘願對信任鑰匙開放

請輕輕插入，徐徐推進
不要怕觸及那淫晦的內心
我的貞潔也在裡面，藏得更深

向廢墟致敬（節選五則）

1

我低頭向自己內部的深處窺探
果然是那預期的樣子
片瓦無存

只見遠處一隻土撥鼠踮起後腳
向一片廢墟
致敬

選自《漂木・第四章》（聯合文學，二〇〇一）

12

一過照壁，步入廳堂
即碰到一堆燃燒過的舊事
吹開灰燼，蝙蝠飛入冷冷的殘陽

實相無相，非無相
甚麼也不是而牆角的餅乾盒子
早已空了，螞蟻正整隊回家

13

記得大門口有一株高大的楓樹
成為枯木只是昨天的事，有人掃走了
落葉，留下了荒蕪

和被寂寞吵死了的雀鳥。虛無，其本質
帶有煙燻的焦味，接著
一群白蟻傾巢而出

39

鐘聲急速地衰老
回音，如我掌中飛出的紙鶴
再也無力飛回

峰頂，山鷹盤旋
夕陽貼在一個孤寂英雄的背上美得何其驚心
我卻寧願擁抱一場虛構的雪

60

最終我還是選擇了你
一棵瘦長的椰子樹，以及
一個高高懸在月亮旁邊的夢

我在衣服的皺褶裡找到幾隻蝨子
一肚皮猥褻的血
我真不願醒來

背向大海——夜宿和南寺（節錄首段）

一襲寬大而空寂的袈裟
高高揚起
把整個和南寺罩住
在不太遠的前方
大面積的海，奮不顧身地
向灰瓦色的天空傾斜
木魚喋喋，鐘聲
夾雜著潮音破空而來
似乎看到大街上
許多張猛然回首的臉
面向大海
殘陽把我的背脊
髹漆成一座山的陰影

選自《漂木・第四章》（聯合文學，二〇〇一）

眼，耳，鼻，舌，髮膚，雙手雙腳
以及所謂的受想行識
全都沒了
消滅於一陣陣深藍色的濤聲
我之不存在
正因為我已存在過了
我單調得如一滴水
卻又深知體內某處藏有一個海
而當我別過臉去
背向大海
這才發現全身濕透的我
正從芒刺般的鐘聲中走出
一個碩大的身影
倉皇上了岸
身後傳來
千百隻海龜爬行的沙沙之聲
緊跟著的是
一滴好大的

藍色的淚
回頭我一把抓住落日說
我好想和你一塊兒下沉

選自《背向大海》（爾雅，二〇〇七）

曇花

反正很短
又何苦來這麼一趟

曇花自語，在陽臺上，在飛機失事的下午

很快它又回到深山去了
繼續思考
如何　再短一點

選自《如此歲月：洛夫詩選（一九八八—二〇一二）》（九歌，二〇一三）

無聲（禪詩十首）

花落無聲

大麗花
開在後院裡
月亮翻過籬笆時
順手帶走一絲春天殘餘的香氣

葉落無聲

梧桐
被煙纏得面紅耳赤
一陣秋風把它們拉開
落葉滿階

月落無聲

從樓上窗口傾盆而下的
除了二小姐淡淡的胭脂味
還有
半盆寂寞的月光

雪落無聲

一行腳印……
冷清的寺院外
雪
落在老和尚的光頭上
化得好慢

日落無聲

夕陽
在髹漆著一座銅像的臉

廣場無言

夜色
把他的臉抹得更黑

果落無聲

從一個不可預測的高度掉下來
停止在
另一個不可預測的半空

然後噗的一聲
秋，在牛頓的脊樑上
狠狠搥了一拳

潮落無聲

午夜的潮聲
最好從很遠的地方聽

太近了
你聽見的只是腳趾頭內部
關節炎的呻吟

劍落無聲

一陣寒氣吹過
劍已入鞘
飛濺的血水
早已在空中風乾

夢落無聲

清晨
夢，一個個從鏡子裡逃了出來
事後發現
最深的一層
還藏有

一幅蒼茫的臉

淚落無聲

千年前的一滴淚
掉在一本線裝書上
合攏書
仍可聽到夾在某一章節中的
時間的暗泣

選自《如此歲月：洛夫詩選（一九八八—二〇一二）》（九歌，二〇一三）

唐詩解構：竹里館（王維）

原作：

獨坐幽篁裡，彈琴復長嘯；
深林人不知，明月來相照。

解構新作：

獨自坐在竹林裡當然只有一人
一個人真好
坐在夜裡
被月光洗淨的琴聲裡

選自《唐詩解構：洛夫的唐韻新鑄藝術》（遠景，二〇一四）

向明（一九二八——）

評傳

向明（本名董仲元，大陸服兵役時取名「董平」，其後即以此名行世，一九二八—），本籍湖南長沙，另有筆名仲弟、仲哥、冬也。美國空軍電子學校畢業，一九八八年獲美國世界藝術與文化學院授與榮譽文學博士學位，曾任電子工程師、空軍上校。為三大詩社之一的藍星詩社重要成員，曾任《藍星詩季刊》主編，一九九二年與詩友另組臺灣詩學季刊社，擔首任社長。作品曾獲中國文藝獎章、中山文藝獎、國家文藝獎、詩魂金獎等。

由於命運的揀擇，向明早年歷經山山水水、入海出海出生入死的經歷，使得其生活歷練較同齡層詩人驚險、豐富，由其一九七〇年前出版的《雨天書》、《狼煙》詩集名可略知其戰火經驗和困頓感。他很快即跳出五〇、六〇年代現代主義的糾葛，走向蘊沉、謙忍儒者的生活，透過樸素的語言挖掘真實，早在一九五九年覃子豪即見出向明詩的特質：「以真實否定虛妄；以素樸否定怪誕；以自發否定了造作。它之所以不是寫實，因其能揭示生活與真境中的奧祕。它是作者以新的觀念予現實生活以新的估價」、「這種訴之於經驗的自覺，從暴風雨中所磨練出來的一種新鮮、深刻而具有成熟的美這一特質，必然會在混亂的詩壇成為一有力的支柱……」，在鄉土文學運動（一九七七—一九七八）之前，他即是臺灣「生活詩」、現實主義詩風開創和拓展的先鋒。

一般來說，向明詩的特色是「平中見奇，意在言外，宛若棉裡藏針」，其詩於平和中隱藏了叛逆性，他最好的詩是能「將身世意象、現實意象、歷史意象熔於一爐」（章亞昕），並深探生活的困挫、人性的幽微。

　　而生活是永遠挖掘不盡的，在九本詩集後，新世紀他又出版了詩集《陽光顆粒》（爾雅，二○○四）、《地水火風》（唐山，二○○七）、《生態靜觀》（印刻，二○○八）、《閒愁》（釀出版，二○一一）、《低調之歌》（釀出版，二○一二）《早期的頭髮》（爾雅，二○一四）、《詩·INFINITE》（新世紀美學，二○一五）、《向明截句：四行倉庫》（秀威，二○一七），幾乎一兩年即有詩集或鮮活可讀的詩話集面世，用功不懈、劍及履及，是詩壇前行代年已過九十仍老當益壯的行動家和實踐者，他精神的「年輕」和活力，深入網路和兩岸，足為後來者典範。（白靈）

修指甲

　煩悶時，便想修指甲
那是我身體上一處
隨時可動刀的地方
不會心痛的地方
不會礙著別人
　隨時可捨棄一些的地方
而且事後看起來
會比從前順眼的地方

煩悶時
不妨修修指甲吧
那是誰也管不著的
自己對自己的
修理

造反

原載二〇〇五年八月二十四日《聯合報・副刊》

菩提識

喜歡用喜歡的顏色喜歡一些事情
悲傷因悲傷不出一切悲傷的原因
糟塌掉糟塌不盡的糟糕歲月了
解決些解決不了的隨身癢痛

嚕唆是嚕嚕唆唆也無法還原的消磁記憶
嘻哈是嘻嘻哈哈過後天真不散的唾沫星
不克將自己打包是還未能折疊自己成一件行李
尚未將皮肉炙燒成可口點心皆因配料不夠齊整

真正慈悲不了的是
我們手無寸鐵

卻要去打傷一隻蚊子和其家小
而且要口念
阿彌陀經三千萬遍
如是我聞

非分抒情

一

妻說
你睡得越來越晚
晚得要與啟明星
同等天光
我吃驚的說
那不就是我的名字嗎

原載二〇〇七年一月四日《聯合報・副刊》

應該是越來越亮

二

有時
真想發狂
給我一汪海吧
讓我跳下去
把自己沏熄
使海水沸騰

讓日月看出
生之真誠

三

晚霞紅得接天的時候
如果可能
我願淡出一切的虛榮

讓我裹身在
萬慮俱靜

我知道
黝黑是光失色的沉澱
從中孵出
原始的本尊

四

如何將自己歸類呢
無鴻鵠之志，壯心早經剪羽
再唱幾聲大江東去嗎？
又不曾風流過
也未淚濕青衫
如何將自己歸類呢
不如還是像一本書

看累了就躺回書架
就讓塵埃
去論短長

五

空有強大的風說
誰能把我保存
我的活動空間大而無外
絕不會淪落成
穿褲子的雲

善躍的跳蚤說
誰能把我捉住
我的呼吸細比奈米
形體更小，小如
一粒可納須彌的芥子

遲鈍的我說
誰會把我回收
我是被焚的倉廩
已成空有，頂多
一堆製造污染的灰燼

註：〈穿褲子的雲〉俄國十月革命時代詩人馬雅可夫斯基的名詩。

原載二〇〇七年五月二十六日《中國時報・人間副刊》

慷慨

讓給你僅剩的幾枚鎳幣
許給你只留半截的番薯
我只留下一條斷臂

讓你旗未展開即已得勝

我要讓你贏
贏得滿城黃金甲
我要使我輸
輸得全身枝枯葉落向你求饒

我要讓你無怨
也不會說我無情
你是秋天
豐收與殘敗是你雙刃特技

原載二〇〇八年六月一日《聯合報・副刊》

洪荒狀態

水被氣化，不斷蒸發時
放哨大聲尖叫，自覺無辜狀態
葉子正青春，肆意張牙舞爪
秋風一把扯下墜地無聲的可憐狀態

為了一首詩的完成
常常進入六神無主的狀態
不再相信神跡
一下子掉入天下本無事的輕鬆狀態
眾人都鼓掌
唯他獨望天的得意狀態
人人呼萬歲
喇叭突失聲的尷尬狀態
土石流鋪天蓋地而來
螂臂無力擋住狂濤的莫可如何狀態
資源散失，無法回收
文明垃圾為害，極待危機處理狀態
薄脆衛生紙滿載江山如此多嬌
究應如何梳理的慌張狀態
瞎子處在暗中
聾子陷身絕域
啞子不諳手語
天子腦袋秀逗

一切都處在妾身未明的
On Line洪荒狀態

原載二〇一一年七月《衛生紙詩刊》

慰周公

一

從來沒有想過有一座廟
將你自己供奉
然而你借住的那
「浪漫貴族」公寓房
卻一直香客盈門

二

只是起身找一本書
又傳來你摔斷右邊的手臂

和那早已乾枯的髖骨
書已禍害了你一輩子
每到年關總不忘再來一次

三

輸血袋裡的鮮紅汩汩
流向你瘦皮囊裡的蒼白
觀世音呀！要再次助他
為寡色的世界增添詩的豐彩
賜幾粒小米他就會再飛起

四

叫醒閉目養神的你
認了我半天才恍然的說
我還以為是醫生
常自愧是自救也救不了的人
連安慰你的話也很空洞

五

豪華落盡見真淳
而今木牛流馬都已自動化
而你總是反向操作
只那麼頓失重心的一瞬
從此走路關節改用人工

註：已屆九十四高齡的詩人周夢蝶，近年來每到年底即會因病痛緊急住進加護病房。今年（二〇一三）因雇有專人照顧，狀況一直良好，但現又突然跌跤致兩處骨折，他又只能躺臥床榻過年了。

原載二〇一三年一月二十五日《聯合報・副刊》

余光中（一九二八——二〇一七）

評傳

余光中（一九二八—二〇一七）生於南京，祖籍福建永春，母鄉江蘇常州。臺灣大學外文系畢業，美國愛奧華大學藝術碩士。一九五四年與詩友成立「藍星詩社」。曾任教於臺灣師範大學英語系、政治大學西語系、香港中文大學中文系，一九八五年受聘擔任中山大學文學院院長，定居高雄。二〇一七年於高雄逝世。精擅詩、散文、評論、翻譯，自稱為其「四度空間」，出版專書逾六十種。詩作及散文廣泛收入大陸及臺港之語文課本。新世紀出版詩集有《藕神》（九歌，二〇〇八）、《太陽點名》（九歌，二〇一五）。

余光中的詩語清朗，不晦澀而有深度，「以顛覆現代完成他的現代」；一九五〇、六〇年代他既與詩壇外的人打筆戰，宣示文學發展必定進至新詩時代，又與詩壇內的人打筆戰，省思新詩該往何處去；「一種風格與一種風格不斷轉換，不斷拓展」，《蓮的聯想》變而為《敲打樂》，變而為《白玉苦瓜》……，不論是宋詞情調或西方的搖滾節奏，任何生活語言，都能融入詩意的聲腔。如論者所說，能化技巧於無形，不露形色於雕鑿，堪稱一代宗師。

以倫理精神強調感受美學，他的詩傾向與人交心，而非迂曲幽閉的自我獨語，例如：〈車過枋寮〉歌詠屏東土地的肥美，〈霧社〉禮讚原民酋長，〈你仍在島上〉懷念一位臺灣畫家，〈高雄港上〉為他居住的港都寫生，〈臺東〉更是南北城鄉互映的一幅寫意畫。包括語法、語調的親切，余詩鮮明的風格就在人間情懷——傳續中國詩對生命實境的關注，對人生意義的探求。簡言之，他的詩情已化作生活節奏，身所盤桓，目所綢繆，無事無物不可入詩，論詩之親切、對當代廣大讀者的影響，無人能及。

〈半途〉寫於八十七歲，顯示余光中一貫與永恆拔河、與生命爭辯的雄心，運用典故出神入化，輕易就把人帶入歷史的長廊、詩的聖殿中。（陳義芝）

臺東

城比臺北是矮一點
天比臺北卻高得多

燈比臺北是淡一點
星比臺北卻亮得多

街比臺北是短一點
風比臺北卻長得多

飛機過境是少一點
老鷹盤空卻多得多

人比西岸是稀一點
山比西岸卻密得多

港比西岸是小一點
海比西岸卻大得多
報紙送到是晚一點
太陽起來卻早得多
無論地球怎麼轉
臺東永遠在前面

二〇〇七年三月三日

選自《藕神》（九歌，二〇〇八）

冰姑，雪姨

——懷念水家的兩位美人

冰姑你不要再哭了

再哭，海就要滿了
北極熊就沒有家了
許多港就要淹了
許多島就要沉了
不要再哭了，冰姑

以前怪你太冷酷了
可遠望，不可以親暱
都說你是冰美人哪
患了自戀的潔癖
矜持得從不心軟
不料你一哭就化了

雪姨你不要再逃了
再逃，就怕真失蹤了
一年年音信都稀了
就見面也會認生了
變瘦了，又匆匆走了

不要再逃了，雪姨

以前該數你最美了
降落時那麼從容
比雨阿姨輕盈多了
潔白的芭蕾舞鞋啊
紛紛旋轉在虛空
像一首童歌，像夢

不要再哭了，冰姑
鎖好你純潔的冰庫
關緊你透明的冰樓
守住兩極的冰宮吧
把新鮮的世界保住
不要再哭了，冰姑

不要再躲了，雪姨
小雪之後是大雪

漫天而降吧，雪姨
曆書等你來兌現
來吧，親我仰起的臉
不要再躲了，雪姨

二〇〇七年九月十日

選自《藕神》（九歌，二〇〇八）

客從蒙古來

有客從蒙古來
我帶他去八樓的看臺
看海。他吃了一驚
說，沒見過這麼多水
集合在一起。我說
也不能想像在你家
有那麼多用不完的沙

讓駱駝亂蓋蹄印
說著，主客都大笑
直到流下了淚來
我說，在我們這邊
總覺得水太多了
就留下一片地做沙灘
又覺得你們沙太多了
就叫你們家做瀚海
是瀚海呢還是旱海？
說著，主客又大笑
直到他背後似乎
隱隱，有沙塵暴崛起
而我樓下的沙灘
暗暗，正鼓動著海嘯
立刻，我們止住了自己
揮走了沙塵，斥退浪陣
他贈我一漏斗細沙
說，久了，蒙古會漏完

叫我及時去瀚海
我贈他半瓶鹹水
說，久了，海峽會乾掉
叫他莫忘了西子灣

原載二〇一一年九月二十七日《聯合報・副刊》
選自《太陽點名》（九歌，二〇一五）

白眼青睞

——贈黃文龍醫師

孿生的一對水晶球
八十多年前母親所贈
靈魂折射之窗
最有深度的潛望鏡
而第一次窺見的
哦，奇蹟，正是母親

其實我當初的胚胎
也不過是一艘潛艇
泡在印度洋一般
她暖流的洋水之中
我懵懂的一推一踢
她都用聲納在收聽

這重禮怎麼報答得清
印度洋早已結了冰
連地球暖化都不能解凍
只留下這艘潛艇
在人海的深處仍浮沉
港灣呢，錨鍊呢，救生圈呢？
只留下這一對水晶球
日漸渾濁，渺渺失真
曾經如炬的，竟然如豆
先是近視，繼而散光
鏡架的重負壓低了鼻樑

遠視，也尋不見母親
黃醫師推開驗光架
說，白內障尚未成熟
青光眼，要小心，是慢性
我眨著泛紅的眼睛
只能苦笑，不知道應該
報之以白眼，還是青睞

二〇一二年八月二十三日
選自《太陽點名》（九歌，二〇一五）

我的小鄰居

在我書房朝西的一面
冷氣機半遮的窗臺上
有一個悅耳的小鄰居

我的戶外是牠的戶內
偶爾會聽見牠在婉囀
隔壁無心的一曲輕歌
牠不知牆內的知音是誰
是不是詩人更無所謂
我也不知道歌者是誰
究竟是綠繡眼呢或並非
更不知該如何請牠來戶內
只能猜這無戶籍的鄰居
也許是掠食我盆景的飛賊
有一盆小金橘，滿枝纍纍
只留下三五啄餘的殘顆
但何必計較呢，我想
　牠何曾計較
　　清晨或黃昏
讓我偷聽忘憂的歌聲

二〇一三年一月

選自《太陽點名》（九歌，二〇一五）

誰來晚餐

斷莖殘梗的粗砂地上
有一具蜷曲的軀體
在爬。畸形的四肢
在困難地蠕移，幾乎
撐不住重大的頭顱
像一隻黝黑的病蛙
又像是蝙蝠，只剩了骨架
再也飛不起，趴在地下
蘇丹太荒瘠，非洲太大
牠只能勉強地一寸寸爬
爬，爬，爬，比蝸步更慢
終於力盡了，降服給熱砂

五碼外，早落下一頭禿鷹

管牠棄童，飢童或病童
鎖定了他穩贏的獵物
那黑童仆而再繼
倒馬拉松式的慢爬
無神可禱的長空下
仍夢想著遼遠的救濟站
還在等牠，卻渾然不察
僅僅五碼外，背後的獵者
尖喙，利爪，遠比聯合國近
也飢腸轆轆，也正在等牠
一撲就到口的晚餐

二〇一三年四月三十日

選自《太陽點名》（九歌，二〇一五）

半途

知了越譟越顯得寧靜
此生倒數，該是第幾個夏天
蟬聲再長，也只像尾聲了
與永恆拔河，還沒有輸定
向生命爭辯，也未必穩贏
敵人不缺，但朋友似乎更多
也更加熱烈。粉絲是夠多
夠闊了，倒是不世的知音
輕易不出現。光陰的迴廊
一瞥可驚，有自己的背影
似遠又疑近，倒是遠古
三閭大夫，五柳先生，大小李杜
卻近得像要對我耳語
自由是從心所欲，不逾矩麼

聖人說到七十就為止
只為更遠他未曾親歷
而我到此八秩有七了
有一天醒來會驚對九旬
行百里者，果真，九十是半途？
不必了吧，誰希罕金氏紀錄
噓聲逆耳，掌聲卻未必
能搔到虛榮的癢處
幕前已經夠久了，何不
趁掌聲未斷就退入重幕
歷史在後臺才會卸妝
而如果此心淡定，或許
真能趕上梵谷的輪轡
轆轆，渡吊橋而來
或許追隨坡公的杖聲
鏗鏗，叩木橋而去

選自《太陽點名》（九歌，二〇一五）

管管（一九二九——）

評傳

管管（管運龍，一九二九—），本籍山東青島。一九四九年來臺，陸軍通校五期畢。曾經擔任播音總隊軍中電臺文藝橋主任。《民眾日報》出版部主任。好時年出版社總編輯等。愛荷華大學國際作家工作計畫邀請作家（一九八二）。得過香港美協及中國現代詩兩個詩首獎、中國文藝協會金筆獎、時報文學獎、二〇〇八年獲黃山歸園國際終身成就詩歌獎。演電視、電影三十多部，詩畫展多次。

出版散文集五本，詩集除《荒蕪之臉》、《管管詩選》、《管管・世紀詩選》外，新世紀則出版《腦袋開花》（商周，二〇〇六）、《茶禪詩畫》（爾雅，二〇〇六）、《管管閒詩》（江蘇鳳凰文藝，二〇一五）、《燙一首詩送嘴，趁熱》（印刻，二〇一九），英文版《管管詩集》（二〇一九）等。

很少詩人有管管一樣豐富的人生閱歷，年少被抓伕當兵吃盡苦頭、青年歲月於金門砲彈落雨中逃過死劫、中年迄老不時能在影視鏡頭裡遊戲人間，行年七十猶有能力得子，晚近還「陶裡來」「畫裡去」，把日子過得精彩又有味。怪不得他自書小傳時常寫「慚愧而已，喝了不少酒，高興而已，喜歡開罵，挨揍而已。最近叫管管不著，外號半塵不染客、賈斯文不掃地」，他的詩就如他的人，文字拙樸天真、充滿了機趣，「以他的詼諧『帶淚含笑超渡了』這世界，並讓人與萬物宇宙之間疏離隔閡的可怕魔咒，在他的詩與畫中自動崩解」，他的詩有大多數人都難以表現出的幽默，雖然他的苦，別人是看不見的，「是交融滑稽的喜悅和深刻的悲哀於一起的，是意有所指地揭露不合理的事物和現象，是自嘲地將自身的缺點率真而風趣地『示眾』，然後愉悅輕鬆地『與之訣別』的方式」（白靈）。

管管所以能夠如此，與他從來都能與任何事物同起同坐、等量齊觀有關，既無隔絕、也無分別心，他的詩中充滿細微弱小或大到無法與之比擬的萬物，春天、楊柳、螢火蟲、小河、烏鴉、蚊子、月亮、青蛙、蝴蝶、花朵、女人、小孩……等等無不一視同仁，隨時可與之任意轉換視角、變換身分，永遠赤子一樣的心境成了他出人意表的想像和挪移乾坤的力量源泉。（白靈）

吃茶圖卷

——和詩人白靈〈飲茶小集〉

彎月茶

斜躺在西天之彎月
趁吾未注意，一個飛身
跳進吾的茶碗裡
「放心，我只是泡一下湯……？」
「茶，還是你老喝？……」
「不！吾不放心！你是要去茶碗裡抓魚吧？」

達摩茶

聽茶碗裡一片茶葉跟貼在身後另一片茶葉「說」：
「按摩過癮之後，再臉對臉兒才有忘我之境。
噢！先是廬山煙雨，再是浙江潮。」

「是達摩這麼說的？在面壁之後？」

柔荑茶

一枝一槍一葉的春茶
選了又選採茶兒女們的雙雙柔荑
還是沒有中，直到眾柔荑走了之後
一槍一葉抬頭一看！
「啊喲，怎麼，過盡千帆皆不是，唉！茶味苦短哪，
那手卻在燈火闌珊處了。」

風流茶

碗在茶中載浮載沉
她看著碗中人間
手竟是一時踟躕，沉思起來
他突的起身，雙手捧碗，一飲而盡！且
脫口唱出：
「俱往矣！數風流孽種還看今朝！」

趙州茶

陸鴻漸羽化昇天，飛僅僅只一會兒工夫
不禁又嗖的飛落詩僧皎然身旁附耳言道：
「俺雖然做了鬼，卻萬萬未曾料到愚之魂靈兒也中了茶癮！
煩大和尚再為俺煮一壺茶，喝過癮了一定上路！」
「單這一次哉。再饞去找趙州禪師！」

陳摶茶

「火燒赤壁。烏江自刎。五代殘唐！」
陳摶說：「世局如棋，也不過一盞茶工夫耳。
不如俺一夢八百載！」
「開張的一定是天岸馬
奇逸的未必是人中龍？！」
「奇異」只是一種電器品牌而已
「走！吃茶去！」

黃昏茶

喝到的三碗就喝出一個活蹦亂跳的黃昏來
吾呀，還是不想回家
等吾喝到嘴裡有幾個鬼叫的星子
再玩著星子回家不遲
「夜鶯你可要小心喲，吾丟的星子挺高的
很怕碰到你夜飛的翅膀！」

原載二〇〇五年六月二十八日《聯合報・副刊》

春天的鼻子

春天的嘴是什麼樣的嘴
小燕子呢喃是春天的嘴
春天的飛是什麼樣的飛
翩翩蝴蝶是春天的飛
春天的臉是什麼樣的臉
杏花李花是春天的臉
春天的手是什麼樣的手

垂垂楊柳是春天的手
春天的腳是什麼樣的腳
蒲公英就是春天的腳
春天的眼是什麼樣的眼
化冰的小河是春天的眼
春天的頭是什麼樣的頭
滿山杜鵑是春天的頭

還有鼻子呢
亂跑的蜜蜂是春天的鼻子

母親的臉

母親的臉是夏夜的藍空

原載二〇〇六年五月二十一日《聯合報・副刊》
選自《腦袋開花》（商周出版，二〇〇六）

夏夜的藍空是天上的繁星
天上的繁星是母親的眼睛
我抬頭她在看我
不抬頭她也在看我

選自《腦袋開花》（商周出版，二〇〇六）

縫

別擔心，我會自己縫自己，下次小心一點別割傷我就是。
下次要割，割淺一點，縫起來必較省事。割淺一點，
血流的少比較好縫，要割就割長一點吧，縫久一點，也痛
久一點，疤也留大一點，這種傷名醫也不會縫，吾又不是
醫生，割傷了總得縫，總不該讓傷口化膿生病。
這又不是縫破了的衣裳！

原載二〇一三年《創世紀》一七四期
選自《燙一首詩送嘴，趁熱》（印刻，二〇一九）

樹下聽蟬

這老人
穿著一件寬寬的麻布袍子
遮住膝蓋盤坐在一個蒲團上
他不知字他說他是一個
窮人　坐在一棵樹下
手中一把破蕉扇　破桌子
上放任二杯一壺　老人說
他在聽蟬消夏
一直到秋後無蟬
只看到一個蒲團　一把蕉扇
二杯一壺　一桌一袍
老人不見了他是有腿無腳的
有人說他去小便

原載二〇一三年五月七日《聯合報・副刊》

選自《燙一首詩送嘴，趁熱》（印刻，二〇一九）

五官不正集

狗嘴

除了吃是真的，別的，咀嚼出來的，大部分假的，真理是說出來的，不是幹出來的，所以，才有聖經那本禁書，如果都在嘴上，裝上拉鍊，拉起來，這人間，會零汙染，也是，美麗的錯誤呦，這人間，有鳥，鳥聲，也是美麗的錯誤，鳥就這樣吵著，一個圖書館，給吵出來了，不要忘了那些書，都是那張嘴，嘔吐出來的，髒呀！髒，你還想看！

橫眉

本來想垂下來，做帘子的，可是，眼珠子不願意，它還沒看夠，人間烽火！只好，做把掃帚，沒事時，打掃一下眼淚什麼的，不過，掃帚是會生氣的，那是，在愛人的臉上，如果，上演哭戲，那要趕快，準備臉盆，尊家，您用過眼淚，泡過咖啡嗎？

歪鼻

所有煙筒，都是向老天生氣的，只有俺的這兩隻煙筒，膽敢向大地生氣，那是因為，那顆頭顱裡面，正在燃燒著一些什麼燃燒一些什麼呢？不會是燃燒的「譚瀏陽」吧！墟里上孤煙，大漠孤煙直不直？塔知道，他不知道！

白眼

從大禹治水之後，留下兩個池塘，就放在俺的身上，是為了儲存人生的洪水？以及林黛玉的鼻涕，為了不使池塘寂寞，莊子裡兩條鯤，就在池塘裡，身著黑白衫，是為那個聖人戴孝？尚饗個頭！

牛耳

吾頭上這兩扇門，是永遠為卿卿打開的，要罵要打，都隨你，我不會掩耳盜鈴，我謹遵聖命，我不做奴才，誰敢做奴才！我不做孝子，誰敢做孝子，我沒敢告訴你，我牛耳已裝上了開關。

原載二〇一五年《創世紀》一八五期

張默（一九三一——）

評傳

張默（張德中，一九三一——），安徽無為人。童年在故鄉讀私塾、簡師、南京成美中學。一九四九年春，由南京輾轉來臺，旋即參加海軍，服務海軍二十餘載，中壯年時主編《中華文藝》月刊。一九五四年秋與洛夫、瘂弦創辦《創世紀詩刊》迄今，超過六十五年的長命詩社，多年來積極推展詩運，不遺餘力，是臺灣現代詩運動中揮汗最多的人物之一，對現代詩的推助，波瀾可見。曾獲新聞局優良著作金鼎獎、國軍新文藝長詩金像獎、中山文藝獎新詩獎、中國文協榮譽文藝獎章、第三屆五四獎文學編輯獎。詩作曾被譯成多種外國文字。著有詩集《張默世紀詩選》等十三種；詩論集《臺灣現代詩筆記》等六種；編有《新詩三百首》、《小詩・床頭書》等二十二種。新世紀曾推出詩集《獨釣空濛》（九歌，二〇〇七）、《張默小詩帖》（創世紀，二〇一〇）、《戲仿現代名詩百帖》（九歌，二〇一四）、《臺灣現代詩手抄本》（九歌，二〇一四）、《水汪汪的晚霞》（印刻，二〇一五）、《水墨無為畫本》（創世紀，二〇一五）、《水墨與詩對酌》（九歌，二〇一六）等。

白靈說：「張默是這島上的紅塵中少數能把『詩』當作動詞，而不只是名詞的人，除了他對現代詩壇矢志不移的、眾所皆知的行動和奉獻外，他在詩篇中營造的『動態式』目光，其實是非常『立體派』、『未來派』的。」

新世紀以來，張默對新詩的重心轉注到「小詩」、「戲仿」、「水墨」這三個要素上，檢視這二十年的出版成績，他常常將一九〇六年到二〇〇〇年的新詩做了一番總巡禮，以水墨抄謄金句，戲仿名篇，邀請讀者在詩與畫之間自由穿梭，任意進出，讓詩人的詩語言、畫者張默的筆觸、讀者觀者的想像觸角，相互激盪，相互安撫。新世紀最重要的創作集中在《獨釣空濛》這本詩集上，「張默在各個文化景點遊歷，他放任自己心靈想像遊歷在歷史與現實之間，他踽踽獨行的身影，講述著憂國懷鄉的故事，更透露出超時空漫遊的神思，讓人大開眼界。」（須文蔚語）

〈雙叟，在冷雨中怦然閃爍〉，凸顯出張默與「創世紀」同仁對「超現實主義宣言」的信仰，那是在現實的冷雨中依然怦然閃爍的能量；〈致杜思妥也夫斯基（一八二一——一八八一）〉，則是五四時代文學的遺響，仍在張默耳邊醒著。〈再見，玉門關〉、〈悠然自若，懸空寺〉，則可視為定居臺灣七十年對大陸山河的回眸、深情關照，〈初臨玉山〉就有了客觀與主觀，再三斟酌的現實寫照。這五首詩可以當作最近的二十年，張默生命的三道光輝，熠熠閃亮。（蕭蕭）

雙叟，在冷雨中怦然閃爍

不悉，一百多年前
一個寒雨唰唰的下午
你是何等模樣
那對木訥自若的中國清代老叟
是否仍冷冷蹲在咖啡館的正中央
一語不發

你不怕，鎮日被那些狂飆的年輕人
朗朗唸著大膽潑辣的
超現實主義宣言
不得不低頭，嘆息，沉思

你不怕，滿腦子強烈喊疼的阿保里奈爾
經常以酩酊的詩句

揉成各種形狀
像一顆顆不長眼睛的彈珠
把一盞盞飄著思想花香的水晶燈擊碎

你不怕，被某些目中無一物的藝術家
不分紅黃藍白
胡亂給你紋身
不怕老天陰沉，不怕陽光燦爛
甚至也不怕空無一人的孤獨

然則，今天你面對這個兩袖清風的東方客
當他悄悄的逼近你，撫觸你
或許，他想從你慣常的靜默中
攫走一點什麼
你能不偏過臉來，狠狠的瞧他幾眼

嗨嗨！好一尊雙叟，在冷雨中怦然閃爍

附記：位於巴黎左岸聖日爾曼區的「雙叟咖啡館」，於一八七五年營業，曾經是「超現實派」藝術家和「存在主義」作家聚會的大本營。一九二四年法國詩人布魯東（一八九六—一九三六）首次發表的「超現實主義宣言」，即是在這裡草成。

二〇〇〇年春節，筆者第二度遊訪巴黎，特與同行的湯政達兄前往，在該館徜徉半日，並尋找當年阿保里奈爾書寫「圖象詩」的桌子而未果，深深為它神祕、自在的氣氛所迷醉。

二〇〇〇年四月十五日深夜

選自《獨釣空濛》（九歌，二〇〇七）

再見，玉門關

鳥屍絕跡，四野蒼莽無聲

咱們銜著王之渙的一句詩，迢迢千里而來
莫非就是親睹這座方圓不過數十丈的灰土堆
我無法描述乍見時一剎那的驚悸

它在夢中樸拙的容貌是怎樣
它高大的身軀是如何浮雕起來的
它曾經吞噬多少噸泥土蘆葦和工匠們的汗水
它寬闊的拱門，為何扭曲成一不等邊三角形
它，真能解構塞外胡笳狂猛悲切的呼號

此刻，我輕輕的推它，揑它，搖它
在它的四周漫步，丈量，撿拾一塊塊漢石秦瓦
而又難以放縱古昔的惆悵
穿越空空蕩蕩的大門，緩步入內
驀然瞧見千年前
一隊金盔銀甲的兵士，正在霍霍磨刀
眉宇間，難掩各自的獨孤與無奈
那些等待家書七零八落的歲月
究竟是怎樣一分一秒挨過的

我，徘徊復徘徊，不忍驟然離去
連連自側門的洞口，向外張望

而舖天蓋地的沙暴，恰似川劇變臉般傳來
同行老麥急急以相機焚燒牆角酣睡已久的積薪
我不得不飛快竄出，深深吁一口氣

再見！玉，門，關

二〇〇〇年七月十八日深夜於內湖
選自《獨釣空濛》（九歌，二〇〇七）

悠然自若，懸空寺

用一層層的泥土，把你抬起來
用一節節的風雨，把你浮起來
用一句句的驚歎，把你圈起來
用一匹匹的眼睛，把你藏起來

每天，多少陌生客對你指指點點

上上下下，企圖把你狠狠掏空
甚或，為你開腸破肚
好讓你全然一絲不掛，面對
眾生，而不感到羞澀

你你你，到底是啥理由
讓一排身子永遠下墜而斜斜生根
乾脆，請你行行好，放下一綑扯不斷的繩子
也好任我熱縮冷脹的靈魂
骨立在上頭
每天，悠悠然，與搖晃自若的青空
對話

二〇〇二年十月三日於內湖

選自《獨釣空濛》（九歌，二〇〇七）

初臨玉山

空曠，不再
巍峨，不再
浩瀚，不再
冷冽，不再

安安靜靜，抓住我的是，一些
蒼狗白雲的亂石，一些
千姿百態的奇松，一些
登高眺遠者踉蹌的腳印，以及
一列列
春寒似剪、料峭不群的風景

常常喟歎，我只是
一名微不足道的過客

偶爾興起一股莫名的雄風
在某些奇峰異壑的邀請下
忍著，說不盡的酸楚與疲憊
忍著，一陣陣汗水的侵襲
擺擺頭
向遠古招手
賴在你指點天下的懷裡，不走了

二〇〇二年十一月二十七日

選自《獨釣空濛》（九歌，二〇〇七）

致杜思妥也夫斯基（一八二一—一八八一）

管它，勝利廣場側門正排著長長的隊伍
管它，聖母大教堂各色人等洶湧如暴雨
管它，朱可夫元帥把史博館踉蹌的舉起
管它，紅場四周的密道總是溫婉的啜泣

惟獨你，在列寧圖書館大門的中央
一絲不苟，端端正正的坐著
雙眼平視，似乎在思索兩世紀前的傻事
為何，「白痴」的假相還在冷冷的發燒
想把古老的卑微冰鎮嗎
讓一團迷霧阻擋的「罪與罰」，遠走高飛

這當口，你的兩撇絡腮鬍子
是否像雪花一樣，紛紛跌落
你也立即從高高的寶座，躍下
衝入人群，熱烈與大家握手
噢！俄羅斯原本暗淡的天空
一下子，變成湛藍如畫的海了

按：「列寧圖書館」位於莫斯科精華區，離「紅場」很近，而杜思妥也夫斯基的巨大銅像，即矗立在大門正中央，供人瞻仰，此舉令我等頗感驚詫，更可見證蘇聯時期執政者對文學大師的珍視。

二〇〇三年八月二十九日深夜於內湖

選自《獨釣空濛》（九歌，二〇〇七）

碧　果（一九三二——）

評　傳

碧果（姜海洲，一九三二—），生於河北省永清縣城。上世紀五〇年代加入創世紀詩社，曾任編委、顧問、社長等職。數十年來投入現代詩壇造山鑿河運動。埋首創作，本著自我初心，開創碧果獨一無二、別無分號之詩的作坊，至近仍創作不懈。

碧果在詩壇絕對是個異數，他認為詩「是我自內心感覺的一種激狂」、「使美挑戰美，而成為活的樂趣」、「創作的動念，有時乃自觀念意象的不安中萌生，形成疏離、魔幻、遙遠、迷濃的語詞」，因此「詩人對約定成俗的字詞，乃可超然的重新給予再『命名』的權勢與天職」。這使得他對文字充滿了叛逆、敵對、和不信任感，不屑於使用大量「社會公語」（張漢良），而獨沉潛於製造極為個人的「碧式私語」，以致被論者標上「困難詩人＋邊緣詩人＝孤獨老狼」、「就詩論詩，碧果的份量著實不輕」卻「始終缺乏公正的定評」（孟樊，一九九六）。二十餘年過去，隨著碧果「允准」更多的「社會公語」進入他的視野，「公正的定評」其實已在兩岸詩界陸續降臨。

但即使如此，碧果依然故我地走著自己孤寂的路，除了上世紀出版過詩集《秋，看這個人》、《碧果自選集》、《碧果人生》、《一個心跳的午後》、及短篇小說集、散文集外，新世紀再接再勵，又出了詩集《說戲》（文史哲，二〇〇一）、《碧果中英短詩選》（銀河，二〇〇二）、《愛的語碼》（文史哲，二〇〇三）、《一隻變與不變的金絲雀》（文史哲，二〇〇三）、《肉身意識》（爾雅，二〇〇七）、《詩是屬於夏娃的》（秀威，二〇一〇）、《驀然發現》（獨立作家，二〇一三）、《碧果的詩》（江蘇鳳凰文藝，二〇一五）、《吶喊前後：後現代詩選集》（秀威，二〇一七）等，寶刀不老、令人側目。唯晚近目盲，乃開畫展於臺北的時空藝術會場，聊作自娛。

二〇〇七年出版的《肉身意識》中的「二大爺」系列，「當為碧果晚年創作可敬的高峰」（楊宗翰），他以專長的戲劇自由出入詩中，展現了碧果所說創作的喜悅「是來自那位由我出走之我返身對我所吐露的私語」，二大爺即是「由我出走之我返身對我」的那位。比如入選的〈網〉一詩，「網」即象徵「門」，海洋「的魚的我」和海洋「的網的我」，以及海洋「拉網的手的我」是一而三、三而一的，末二句二大爺「坐在門的地方」不動的是肉身，「千翅萬翅」破體而翔的是意識，納內外於一，以門或網觀兩端，任生命、時光、萬事千念自由進出，正是碧果詩之玄思和「門的哲學」的精彩處。（**白靈**）

網

正在發生。敘述海洋的一張網
像極夢中的魚　的我
的網的我，與那拉網的　手
的我。所以

二大爺張開雙臂，破體而翔
千翅萬翅的。坐在門的地方

選自《肉身意識》（爾雅，二〇〇七）

柿子紅了

浸在鼾聲裡的二大爺醒成夜
撫觸窗外一輪明月的是二大娘

整間屋子旋盪在似吟非吟的小曲中
庭院裡一棵柿樹知曉原因

第二天
柿子，滿樹都紅了

原載二〇〇四年八月十八日《自由時報‧副刊》、二〇〇五年六月《創世紀詩雜誌》夏季號第一四三期
選自《肉身意識》（爾雅，二〇〇七）

陽光把戲

初冬，某夜，被一隻附著視覺的手
分解為絢麗的彩繪　且
尋覓春的印記，在傾斜的肥沃中
翌日

背景是燦亮的天空

空房子
——我與我的二元論之二

一天
午前的一條紅磚窄巷空寂無聲
二大爺獨自一人，面對一隻藍尾蜥蜴
與之共享的是四目喜悅

「你怎麼也來了！」

管他誰個的一問一答
只見蜥蜴悠忽的龐然起來
而　眩目的陽光裡，卻不見了二大爺。

原載二〇〇四年六月《創世紀詩雜誌》夏季號第一四〇期、八月十八日《自由時報．副刊》
選自《肉身意識》（爾雅，二〇〇七）

發現自己不見了
尋找　是必然的藉口。而
路徑　是我把所有的我
全部
搬運出去。

房子，空了。——
我　也空了。總結　是
反身，我又回到空了的房子裡
說也奇怪
整個人
產生了　火焚的感覺

四顧
空空的房子裡
還是，滿滿的

迅然
我與房子，竟液質的
亮　了　起　來。

原載二〇一一年一月《幼獅文藝》
選自《驀然發現》（獨立作家，二〇一三）

驀然發現

束縛我的是我的空間
碗碟中、抽屜中、床第上
是被千萬個慣列組成的
一個龐然大物。之後

嘔吐而出的
是　一張椅子
是　一個坐在椅子上的　我

在一間明窗淨几的廳堂中
描摹自己的山和水
之後
重構自己
驀然　發現
曾幾何時，坐在椅子上的自己
僅是一只蟬蛻的
空　了　的
殼。

原載二〇一一年八月十七日《聯合報・副刊》
選自《驀然發現》（獨立作家，二〇一三）

由枝葉的光合中昂首想起

一花。一葉

均可包覆　我之面對的
一切之　氧。而

我　最喜歡趨近的　為
滿山滿谷春花綻放的景色
更喜愛紅花綠葉之咬心的餽贈
與
忙碌狂採花粉的　蜂蝶。且於
我之視聽中，探測陰晴遞變
體悟自己喜樂。是以
祈冀　風、霜、雨、雪
與
翅、爪、趾、鰭。面對　反省。
萬物笑我癡愚。因

寢間
我之形上形下的溢出些許　光點
歡快的跳動不止。因

輸贏均在透過調性之後
祛除庸俗，釋放冥思。

叵料，此刻
那　時潮而快意的我
早已淺眠在尊榮鮮嫩　為
月光柔指透窗的
花
香
中，深墜靈透的　夢境。

原載二〇一八年十月十九日《聯合報・副刊》

隱地（一九三七——）

評傳

隱地（柯青華，一九三七—），浙江永嘉人，曾任《青溪雜誌》、《新文藝月刊》主編，《書評書目》總編輯。一九七五年創立爾雅出版社，至二〇二〇年已四十五年；一九六八年創辦「年度小說選」，歷時三十一年；一九八二年創辦「年度詩選」，邀請張默、向明、蕭蕭、李瑞騰、張漢良、向陽輪流主編，前後十年；同年創辦「年度文學批評選」，共出版五集。

一九六三年出版第一本小說、散文合集《傘上傘下》，創作不輟，至今已出版短篇小說、中篇小說、長篇小說、小說評論、散文、新詩、書話、小品、影評及文壇憶往，共六十五冊，代表作為自傳《漲潮日》、散文集《美夢成真》和《大人走了・小孩老了——中華民國在臺灣七十年文學大小事瑣記》。

新世紀出版的詩集：《詩歌舖》（爾雅，二〇〇二）、《七種隱藏》（爾雅，二〇〇二）、《十年詩選》（爾雅，二〇〇四）、《風雲舞山》（爾雅，二〇一〇）。最新作品為《畫說——兄弟詩畫集》（爾雅，二〇二〇），是隱地與其兄長柯青新之畫合著之詩集。本詩選從中選錄四首，在這兩位全新的創作者所呈現出的畫與詩之前，或許可以如席慕蓉所言：「彷彿天地間沒有任何阻礙，只要有一張紙，一支筆，沾飽了墨或者任何自己想要的顏色，這個世界就是你的了。」

早期隱地以小說、散文、書評揚名文壇，二十世紀末才開始寫詩，可以說是新世紀的新詩人，但不同於初闖文學園地的新鮮人，他擁有豐碩的文學、閱讀與編輯的歷練，嘗遍了人生酸甜苦辣的甘與澀，熟悉了語言的溝通極限，也熟悉想像的無限可能，所以，選錄的這四首詩正可以涵籠二〇一〇《風雲舞山》以前的詩作。〈觀畫記〉就是一首轉身、變身、易位，想像力投射的作品；〈塵世飛翔〉則是生活歷練的深切反省，一日三餐是為了爭戰，夜晚才能與聖者共處的體會，何等深刻；〈飄落〉詩句最少，但天人、倫理的悟通，片言而居要，最為警策；〈一整座海洋的寂寞〉是「人」在宇宙間的寂寞，何嘗不是封街鎖巷的寂寞，貼身逼臨！（蕭蕭）

觀畫記

一個裸女靠在桌上
一個裸女躺在床上
一個裸女跑到屋頂上

你不要罵我荒唐
我只是欣賞牆上巨幅油畫：
「三個裸女的微笑」

徒然三個裸女破圖而出
三槍射死正在看畫的我
脫光我的衣服
把我擱在桌上
把我拖到床上
最後　乾脆把我拋到屋頂上

轉過頭來　從屋頂上我看見
穿著西裝　正在觀畫的你

塵世飛翔

床上的旅人
橫著
一個橫著的
床上旅人
在群星與眾神之間
正展開他思想上的飛翔

夜晚是夢的天堂

二〇〇〇年夏

選自《畫說——兄弟詩畫集》（爾雅，二〇二〇）

白日不能橫著
白日要和聖者告別
塵世的一日三餐
讓人間成為戰場

二〇〇七年夏

選自《畫說——兄弟詩畫集》（爾雅，二〇二〇）

飄落

院子裡坐著一把椅子
椅子上坐著一片落葉
一棵隨風飄動的樹
俯首悼念自身飄落的
一個家人

二〇一〇年冬

選自《畫說——兄弟詩畫集》（爾雅，二〇二〇）

一整座海洋的寂寞

日月星辰
你們都在天上
可以自由旅行
還有彩虹陪伴
我啊　為何只有我要孤守一方？

所以　有時我暴怒
人們嚇著了　為我取名海嘯

我不寂靜　我是寂寞
而且我恨
那個叫水的傢伙
永遠纏繞著我
自己一生潮濕

二〇一八年春

選自《畫說——兄弟詩畫集》（爾雅，二〇二〇）

岩上（一九三八——）

評傳

岩上（嚴振興，一九三八——），逢甲大學畢業。一九五五年開始接觸現代詩，一九六六年加入笠詩社；一九七六年創辦《詩脈》詩刊，推動七〇年代現代詩的回歸本土；一九九四主編《笠》詩刊深耕本土寫實路線，強化本土詩學。創作的主軸以呈現生命投射的歷程軌跡與對土地、環境、社會人事物的關懷。曾獲首屆吳濁流文學新詩獎正獎、文協新詩創作獎、臺灣詩人獎、南投縣文學貢獻獎等多項文學獎。著有《岩上八行詩》、《更換的年代》、《漂流木》（秀威，二〇〇九）、《另一面詩集》（南投縣文化局，二〇一四）、《變體螢火蟲》（遠景，二〇一五）、《詩病田園花》（致出版，二〇二〇）等二十幾種。曾任國立中正大學駐校作家、臺灣兒童文學學會理事長，現專事寫作。二〇一八年舉辦「走入童詩世界——岩上老師童詩學術研討會」、「在現實的裂縫萌芽——岩上學術研討會」。

岩上早在一九五七年就發表第一首詩作，但直到一九七二年出版第一本詩集《激流》，次年獲得第一屆吳濁流新詩獎，才在詩的星空中綻放光芒。以十五年時光琢磨詩藝，可見岩上創作態度的嚴謹自持。

從出版《激流》至今，岩上已出詩集有十一冊，他的詩關照的主題甚多，詩評家王灝曾歸納為「生命探討」、「生活感發」、「鄉土關懷」、「哲理感悟」和「社會觀察與批判」等五類；向陽則將之統合為「生命哲理的探索」與「社會現實的關照」兩類，前者正視人生命題，從生活和命運的思考中，表達岩上對於人生哲理的感悟；後者切入臺灣社會現實，針砭社會、批判時政，具有強烈的淑世精神。

岩上慣以簡潔、冷凝的語言，剝除物象，探究小我與大我的辯證關係。岩上曾說：「詩是語言也是思考，更是生命前進的動力。」語言對他不只是工具，同時也是追究生命和詩的本質的路徑——岩上的詩，無論題材如何多變，不變的是對準生命、生活和生存靶心，表現現代社會中人的處境和生命意義的反思。他採取平易簡潔的生活語言，寄託悲憫，在迴旋迂折、轉喻多義之間，表現沉鬱語境，留給讀者廣闊的想像空間。這使他的詩能融現象和心象、事理和心理於一，相當耐讀。（向陽）

刺青，身體神祕的語言

是不是
皮膚的傳播器不夠敏銳
是不是
語言結構的筋骨解體
是不是
心底夢境的魔像通往世界的甬道
已經堵塞無法出口

從眼皮　鼻孔　鼻道　嘴唇　舌頭到——
肚臍　乳頭　陽具　陰唇
細膩地挖出私密的蒂底
用另一種圖騰
一針一針刺繡原本訥木的語言

不斷地湧現出去
釋放意指
讓每一塊結構的零件可以兜售
掛上名牌的意符

皮膚是身體傳答的符碼
手臂與腳腿的山河
胸膛與背臀的大地
全部淪陷於統治語言的刺痛之中

被佔據的領土
不知變色的國恨
還沾沾自喜美麗的圖案承包一幅
嶄新的地圖

原載二〇〇六年十月十八日《自由時報・副刊》
選入《二〇〇六臺灣詩選》（二魚文化，二〇〇七）

鐘聲

鐘在鐘聲響後
仍在鐘聲之中沉默

因為你敲打
　讓我激情
因為你敲打
　　我在激情中消聲

我不在眾聲裡
我已龜裂成無相的粉末

鐘聲揚起的是我
我在飛揚中消失

二〇〇七年九月十三日

母親的臉，懸掛著

母親的臉，懸掛著
一幅空洞的
山水
畫裡，失血的色調
有著命運龜裂的痕跡

歷經千百年時光隧道
被切割吐納的喉管，失去原初的
話語
經絡的連接，只有拖磨
血脈的奔流，山形海島
波浪柔腸，心跳的不律整，寸不斷

原載二〇〇八年八月《笠詩刊》二六六期

山坡滑走，她的田園
叛離了蒼翠眼神視線
座落的住屋失散圍牆與支架
找不到
失落的主人
形影，浮沉於大海洋中

被抽插著不明身分旗幟的母親
被強佔
呻吟
是唯一的語言

阻塞的氣血，無地宣洩
仍要活著不死
母親拖著病魔
沒有名分

二〇一〇年九月十九日

原載二〇一〇年十二月《臺灣現代詩》二十四期、選入《二〇一〇臺灣詩選》（二魚文化，二〇一一）

油，从水由聲

油，从水由聲，說文注
油油，悅敬貌
由，缶曰由
口大而頸小
油油光潤貌
油然有聲如水流

或因油污堵塞血管
或因水多油稀
無法滋潤
政府運作的機器
無能燃燒
昂奮勃然的經濟高湯

油嘴，不是油田
光說不鍊
只煉肖話

油水大家抽乾後
面皮的土地龜裂

註1：近日發生黑心油品案，臺灣某些食用油公司製造不實假油，影響層面甚廣，有如油禍，有感。
註2：「大家」一詞指高門貴族，大戶人家，非大眾。

二〇一三年十一月四日、原載二〇一四年二月《笠詩刊》二九九期
選入《二〇一四臺灣詩選》（二魚文化，二〇一五）、《二〇一四年臺灣現代詩選》（春暉，二〇一五）

木瓜

木瓜樹沒有分枝的想法
唯一的期待

向上直幹成長
生出累累串連的果實

豐滿多汁的乳房
粒粒存藏
千百繁延子孫的願望
由綠的青澀轉骨豐肥成熟的紅

紅得結婚懷孕的害臊
黑的種子是為求生必死的決定命數
終將潰爛撒下

我剖開木瓜一粒
肚內千百幼兒黝黑的眼睛
注視我
牠們都想活著
向土地再一次埋藏

二〇一七年十一月三日

原載二〇一八年二月《笠詩刊》三二三期、選入《二〇一八年臺灣現代詩選》（春暉，二〇一九）

林煥彰（一九三九──）

評傳

林煥彰（一九三九─），宜蘭人。二十歲開始學寫詩畫畫，近年傾向「遊戲」，提倡「玩文字，玩心情，玩創意」。二〇〇三年元月起，在泰國、印尼《世界日報》副刊推動六行以內小詩寫作；二〇〇六年七月和泰華詩友在曼谷設立「小詩磨坊」，探討小詩寫作。已出版著作一百二十餘種，作品編入兩岸四地及新加坡國中小學課本。部分作品被譯成十餘種外文發表，並出版中、英、韓、泰文對照版。

曾與同輩成立龍族詩社、布穀鳥兒童詩學社，獨力創辦《兒童文學家》等；曾發起成立中華民國兒童文學學會、中國海峽兩岸兒童文學研究會，歷任理事長，亞洲兒童文學學會臺北分會會長，《兒童文學家》及《乾坤詩刊》發行人兼總編輯，《小詩磨坊》泰華、新華、馬華、菲華、蘭陽卷主編。二〇〇八年二月，擔任香港大學首任駐校作家，為期兩個月。

林煥彰具有其他寫成人詩作者少有的詩人、畫家、兒童文學作家三方向多元創作的身分。早年寫成人詩，一九七四年他轉換跑道衝刺童詩寫作，開疆闢土，如入無人之境，為兒童詩界立下汗馬功勞。到二〇〇〇年時他已出版童詩集十七冊，「臺灣兒童文學一百」（一九四五─一九九八）評選活動中，兒童詩集類僅選出十一冊，他就入選兩冊，成就令人刮目相看。到上世紀九〇年代中再回到現代詩，至今已出版各式個人現代詩集詩選集超過二十冊，這樣跨界於成人詩、兒童詩兩領域、質量均可觀的現代詩人，他是唯一的一位。

他的詩風和其困頓的童年及輕鬆看待自然的生命觀有關，可由四面向看出他所代表的「掉在代溝裡的一代」（陳芳明）於現代與現實之間掙扎成長的特質：「面向土地時，是永遠會滑落牛背的牧童；面向至親時，是糾纏難解又欲割離依愛的心靈遊子；面向現實社會時，是以人文對抗科技、以純樸對抗世俗、以精神的富有力抗半生窮境的文人；面向語言時，是由現代主義過渡到現實主義、以口語扭轉詩語言脖子的先行者」（白靈），尤其是他本其赤子童心，早早放棄現代主義追索純粹語言，改立基於現實和口語，使得他能輕鬆漫遊於現代詩與兒童詩之間、其後於童詩領域大放異彩。之後又最早舉高旗幟，在新世紀兩岸四地及東南亞華文世界的小詩運動中成了最重要的推手。難得的是，年過八十，依然創作不懈，於網路世界日日貼詩，於世界各地飛來飛去，推展詩運，「活著，認真寫詩；死了，讓詩活著」，其老驥伏櫪的精神，足供後起者作為借鏡。（白靈）

空

鳥，飛過——
天空
還在。

原載二〇〇三年六月十六日泰國《世界日報・副刊》

〈詩外〉如果有一天，我也可以擁有一塊碑石，我要建議我的朋友或我的親人，幫我把這幾個字刻在上面。（林煥彰）

我，胡思亂想

我，冷眼旁觀：

一對青年男女，當街擁抱
——是一行詩。
一個少婦牽著一個學童，在紅磚道上漫步
——是一行詩。
一個衣衫襤褸的街民，在垃圾桶裏翻找食物
——是一行詩。
一個老人抱著膝蓋，蹲在地下道陰暗處打盹
——是一行詩。
一個妙齡女郎露著肚臍，站在十字路口等綠燈
——是一行詩。
一個喝得爛醉的男人，躺在陸橋底下
——是一行詩。

一個攤販拿著紙筒喇叭，攔截路人叫賣女性內衣
——是一行詩。

美國飛彈轟炸巴格達市區，在電視螢屏裡瘋狂燃燒
——是一行詩。

我，胡思亂想，眼淚淅瀝嘩啦……
——是一行詩。

二〇〇三年

原載二〇〇三年六月二十日《聯合副刊》、選自《翅膀的煩惱》（爾雅・二〇〇八）

在，無所不在

在天地之間，
我是風我是雲；

我的存在，不必在我
在天在地，在風在雲
在，在無所不在

選自《小詩磨坊‧泰華卷（1）》（香港世界文藝出版社，二〇〇七）

雨天

一口老甕
裝著全家人的
心，放在屋漏的地方
接水
彈唱一家人的
辛酸……

選自《翅膀的煩惱》（爾雅，二〇〇八）

要什麼
——自勉題詞在名片背面

活著，寫詩
死了
讓詩活著。

選自《千猴・沒大・沒小——林煥彰詩畫集》（釀出版，二〇一六）

楊　牧（一九四〇——二〇二〇）

評　傳

楊牧（王靖獻，一九四〇——二〇二〇）臺灣花蓮人，東海大學畢業，美國愛荷華大學（Iowa）碩士，柏克萊（Berkeley）加州大學比較文學博士；曾任西雅圖華盛頓大學（University of Washington, Seattle）教授，香港科技大學教授，東華大學人文社會學院院長，及中央研究院文哲所所長。著有詩集十六種，另有戲劇、散文、評論、翻譯、編纂等中英文三十餘種。新世紀出版詩集《涉事》（洪範，二〇〇一）、《介殼蟲》（洪範，二〇〇六）、《長短歌行》（洪範，二〇一三）。

楊牧是當代華文世界最傑出的詩人、散文家，創作生涯逾六十年。以中西古典學術為後盾，鍛鍊心靈思想的翅膀，不僅再造現代詩的形式美，更揭示現代人生命的意義。其作品中的時代語境包括戰爭傷害、天災、歷史事件、範型人物事蹟、民族滄桑，以及個人的理想追尋。他以左翼知識分子的情懷，闡揚愛與同情，超越狹隘的政治界域，探索人性，悲憫嚴肅。

楊牧處理「古典」題材時，因融入了個人想像，使人物史實或文本角色成為自我內省的心象，「在形式上，成就一種新的語言；在內容上，表出唯有現代所有的情感與眼界」。讀者賞閱楊牧詩，不一定讀出相同的內容、意義，但總為詩行深處的文化理想，以及情感洶湧充滿迂迴轉折空間的藝術美感勾攝。「外在的客觀目的往往臣服於內在的主觀經驗」，古代的心靈經驗轉成現代的關鍵情思，不僅屬於作者，也呼喚著讀者。

早年楊牧詩最為人稱道的，是那抒情韻致，融入古典語彙及地方語型，再造出一種清新迷人的節奏。中年以後的楊牧，不論處理任何題材，皆能富含詩意，其原因更在於他對現代詩技法始終不懈的開拓，例如敘事功夫、戲劇獨白表現，即其鮮明成就；借用小說、劇場元素而使詩的主題、向度無限，增添詩的方法與魅力，在這方面的影響，放眼華文詩壇，也無人能及。

新世紀以來，楊牧展現薩伊德所謂的「晚期風格」，他藉一些虛實現象進入原始幽邃的時間長廊，以靈視的記憶叩問「假如」、「如何」、「何嘗」……一些宇宙的道理、生命的課題，試探生生不息的創作活力。（陳義芝）

侵曉作

一列火車疾駛曾經的幽谷
香蕉林在河兩岸窸窣商略
猜測我久違的動機，晨風
旆旆搏擊窗外適時投入
洶湧的光明，充斥的記憶
山在左邊綠鬱的空氣裏無聲飛行
濃厚的綵筆點染一些流泉，峭壁，蘆花
葬塋起伏堅持於正面高處，團團包圍
一偶然獨立，無比孤單的土地公祠
神在簷下長坐，計算多少劫數
如何於狂暴的雨點中度過
於霽月和光風

一列火車疾駛曾經的幽谷

輪軸交擊滯重，穿透我痞寐的防禦
震撼嚴密的心——然後我聽到汽笛
洞前作響，然後看到黑暗，隨即滑入
清醒的夢境。系列前座無人的椅背
一隻麻雀旦夕跳躍，倏忽垂老：
早先他誤入升火待發的車廂
歲月在翅膀上閃爍，消蝕
如我載負虛與幻類似的無窮
山在右邊窗外蟻陣一般層疊後退
在無意識狀態下朝最初的方向回遡
當一列火車疾駛離開於是的幽谷

二〇〇一年

選自《介殼蟲》（洪範，二〇〇六）

替身

空氣浮著綿密，果敢的香
屬性不明，以微顫的手指
試探，下頷與頸之聯鎖微胖
其餘完美若凝脂，顏色
接近搖搖欲墜的胸口一顆痣

脈搏比常人略快，鼻息溫度
偏高，食蟻獸的舌尖將彼此
也即是我們的替身
纏繞，將棉花糖加熱
歷落的星辰依次燃燒

眼睛和鶺鴒的呼叫一樣，天亮
以前潮汐交替的時刻已感應

多情，無可適從的眸子與喙
且以手指點絳唇，且奮飛
如天鵝行使它暴力之吻

於是我就窺見對方，也即是
你竟先我在，並且露齒莞爾
微笑，或作勢狺狺來咬
戲謔在纖纖細葉蔭裏，或裝病
換取對方，也即是我，的同情

二〇〇二年

選自《介殼蟲》（洪範，二〇〇六）

隰地

1

我認得那些閃光的草秧

蘆葦桿，旋轉的水紋——正對
紅蜻蜓進行交配的動作
重新來過；土虱擱淺在微明
擠壓，迷離的泥中。我看到
一張諳識的臉曉夢醒來
搜索的眼睛也像那風
追憶一些前生擁有過或許
曾經殘留，出世剎那卻不意
悉數遺忘的語言

意念的白鳥準時飛到，翾旋
降落，昔日靈視的鏡面
有影像反射的痕跡，彷彿
訴說著甚麼，因為無聲
而聒噪，集止於我心浮沉的
隰地，靜與動交錯拍擊

2

那一年我們攜手回歸
盛夏的藤蔭，仰首觀望
細數金龜子翡翠玉的舞衣
絳紅繻穗貼身結纏——
觸角平舉，試探彼此的
眼淚，唾液，深入染色體
檢驗久違的敏感指數，當水面
再度因微風漣漪而蕩漾如
人體在薰香的燭焰下顫抖，在
記憶渙散的邊緣受潮，葳蕤

細雨斜打漸漸掩去或終於
薄若蟬翼的晨曦，我緣附飛升的
日照潛行且停止在水心，時間還原
抽象，允許你沉沉睡去
在我心動搖，抽芽的隰地
光與暗交錯拍擊

3

埋伏於此去過河又一箭之遙
珐瑯彩塑的鳴禽盡皆掩翅無語
牝獸四蹄執著於沼澤
傾聽礦苗再生的訊息，陰陽
潮汐：我思維的昆蟲
如何其瑣碎
以懵懂之複眼照見：
遂來到昔日道別的
簷前，一霎陣雨
有菊花應聲落地

然後我就屢次——
甚至在最遙遠，綿密的
心境裏看見自己曾經怎樣
穿過晨煙和白鳥相呼的聲音
看見一片神魔飄逐的隰地

虛與實交錯拍擊

佐倉：薩孤肋

月圓的時候有姑婆葉競生如海水
綠色精靈躡蹀窪地陸續在身上
點火於暗微旋飛，直到所有
充血的根莖都急於涉足，仰首
確認狹窄的天光在上，我們的
共同記憶，浮於染靛和石灰
簇擁，推擠——月圓的時候
我看到有重複的人形飄過箭筍
和含羞草啟闔的野地，影子遺落
多風和塵土，多回音的祖靈溪

二〇〇四年

選自《介殼蟲》（洪範，二〇〇六）

他的感覺細緻無比，出入
生者靜與死者動間不改其蓊鬱
甚至當上半夜的體溫剛才冷卻
為露珠，輝煌與簡陋的星座各據一方
相繼傾斜，潰散，如不復記憶的
洪水傳說；他的聲調不變而音色如一
逡巡於白石閃光的水窟，甚至
芒草也為他開花遮掩遲來和早到
的個體，看他身上揹著弓箭
和新採的洗髮草，孤獨的魂
以訛傳訛，飆舉，攸降，吟唱
一首有關狩獵和捕魚的歌

於是你就格外思念另外一種時候
當新月謹慎若寒眉在遙遠未曙
天邊細聲解說隱喻怎樣應運而生
自幻想，集合繼之以解散

出其不意在你耳後劃一道血痕以及
孤星的眼，風的翅膀，寒光凜凜的
快刀將它一一芟刈，遞嬗死生
薩孤肋，朝向輪迴的終點：
凡具象圓滿
即抽象虧損之機

二〇〇六年
選自《介殼蟲》（洪範，二〇〇六）

論孤獨

縱使古來所有排行，定位的天體
都已在無意識中紛紛流失，朝向
極暗的氣層飛去，惟我勉強抵抗著
四面襲到，累積的黑，端坐幻化的
樹下，把人間的心事一併劃歸屬我有

警覺孤獨成形

但我也寧可選擇孤獨，有人說
言畢遂滅絕於泡影。感性的
文字不再指稱未來多義
甚至不如那晚夏的薔薇
在稀薄的暖流中不象徵甚麼地
對著一隻蜂

這樣推算前路，以迴旋之姿
肯定手勢無誤。現在穿過大片蘆葦——
光陰的逆旅——美的極致
現在蛻除程式的身體
完成單一靈魂。且止步
聽雁在冷天高處啼

二〇〇七年

選自《長短歌行》（洪範，二〇一三）

時運

我垂首獨坐午后漸稀的日影
深知文本雜沓穿心未必構成意念：
懊悔，似乎看得見秧苗在春風裏
同時抖動系列的羽翼，聽到魚鱗
跳躍於清溪，秋光逡巡門外選擇方向
惟獨我垂首坐對薄薄的暮寒
認真尋覓，卻找不到
如何回應宇宙賦予我以浩蕩的主題

但我何嘗不覺悟，有時恢弘的
知識判斷縱使可讓文字舛錯減少至最低
假如另外一種風不以時而起，白雪不
以時而降，籬前的竹如何顯示節操
猗猗為你簷下閉門讀書的典型

作完整的畫像使有別於人間的乖戾
執拗？大智慧不必一定就是古來
金針只為你專屬之度與

二〇一〇年

選自《長短歌行》（洪範，二〇一三）

與人論作詩

今日天氣佳，惟白雲舒卷
在我胸次浮沉，舉凡意象符號
與聲韻等皆隱約築起心牢將你我
於拗峭樓櫚間幽禁，再也
聽不見箜篌上下交響，看不
到水邊有陰影迅速自樹巔跌落
或破碎的形狀印證無妄之波光粼粼

允許我以破曉時分目睹
那啟明一等星的光度為準
既知短時間裏眾宿合紘罷
都將紛紛熄火，滅去，如賢愚不肖
各取歸途，在午後細雨中分別
趕路：零亂的腳程踏過彼此倉惶
多風的胸次

二〇一一年
選自《長短歌行》（洪範，二〇一三）

席慕蓉（一九四三——）

評傳

席慕蓉（一九四三—），祖籍蒙古，生於四川，童年在香港，成長於臺灣。師大美術系畢業後，一九六六年以第一名成績畢業於布魯塞爾皇家藝術學院，專攻油畫。返臺後曾任教於新竹師範學院及東海大學美術系，著作有畫冊、詩集、散文集及選本等五十餘種，讀者遍及海內外。詩作被譯為多國文字，在蒙古國、美國、日本及義大利均有單行本出版。新世紀出版詩集有《迷途詩冊》（圓神，二〇〇二、二〇〇六）、《我摺疊著我的愛》（圓神，二〇〇五）、《以詩之名》（圓神，二〇一〇）、《除你之外》（圓神，二〇一六）。

近三十年，潛心探索遊牧文化，以原鄉書寫為主題。現為內蒙古大學、寧夏大學、南開大學等校的名譽教授，內蒙古博物院特聘研究員，鄂溫克族及鄂倫春族的榮譽公民。

二〇一三年她以入選本詩選的〈餘生〉一詩獲頒臺灣年度詩獎，讚辭說：「大江河席慕蓉，早期以深情之眼注視人生，引起華文世界青春幼翼的普遍共鳴，帶著溫度的詩句翔逸在草長鶯飛的寶島、江南，也騰越了荒漠、塞北，震撼了遼闊的草原、藍天。那遙遠的蒙古馬鳴，在席慕蓉詩文中拉近為許多人嚮往的心靈故鄉，〈餘生〉裡更化身為牧馬者的晚境，從廣袤、敻遠的天空大地，瑟縮為博物館的展覽櫥櫃，寫盡原鄉的失落，生態的浩變，激發出讀者內心中更深層的嚮往，嚮往席慕蓉的大江大河」。正可看出席氏新舊世紀轉換時期後的作品與她早、中期作品近於歌謠體詠嘆和傷懷的作品大有不同。自重踏蒙古故土、一再觸及面目已改的牧民、牲畜和草原後，反更具現代感，視野入古出今、追索祖靈、批判侵踏，有了遊牧民族靈魂底層特有的寬廣胸懷和開闊氣度。

蒙古和臺灣相似，相對於亞洲其他地區是邊緣的，而一個蒙古女子在臺北也是邊緣的血統，回到蒙古大地，則成了來自臺北的蒙古人。此種一生漂泊、糾葛在原鄉與異鄉之間的邊緣人，她起初「面對漢人歷史的暴力和自相矛盾是氣憤卻是無奈的」，只好選擇「以逃逸、沉默和沉溺於美作為抵抗，青壯年後則採取了她自己也不甚明白的『以漢制漢』的語言策略，終究征服了大片『屬心的江山』」（白靈）。這是讀者在閱讀她早、中、晚期的詩作都可以強烈感受到的一位隱性遊牧女子追索其立足點時，始終有飄浮不安、無法定定地降落的蒼涼感。（白靈）

父親的故鄉

我把父親留下的書都放在
我的書架上了
當然　只能是一小部分
父親後半生的居所在萊茵河邊
我不可能
把他整個的書房都搬回來

隔著那樣遙遠的距離
不可能整個搬回來的還有
父親心中的　故鄉
生命如果是減法
記憶就是加法
是我八十八歲在異國靜靜逝去的
父親的財富　是用一年比一年

更清晰完整的光影和回音
築成的　百毒不侵的夢土

父親是給我留下了一個故鄉
我卻只能書寫出一小部分
是那樣不成比例的微小啊

縱使已經踏上了回家的路
卻無人能還我以無傷的大地

昨天如果是加法
這今天和明天　就是減法
是一日比一日的擁擠和破敗
是一日比一日更遠　更淡
更難以觸及的根源

父親是給我留下了一個故鄉
卻是一處

無人再能到達的地方

二〇〇〇年四月十五日

選自《迷途詩冊》（圓神，二〇〇二、二〇〇六）

鹿回頭

——記一把三千年前製造的鄂爾多斯式
青銅小刀上的紋飾

在暗綠褐紅又閃著金芒的林木深處
一隻小鹿聽見了什麼正驚惶地回頭
眼眸清澈的幼獸何等憂懼而又警醒
恍如我們曾經見過的　彼此的青春

二〇〇一年二月二十一日

選自《迷途詩冊》（圓神，二〇〇二、二〇〇六）

我摺疊著我的愛

我摺疊著我的愛
我的愛也摺疊著我
我的摺疊著的愛
像草原上的長河那樣宛轉曲折
遂將我層層的摺疊起來

我隱藏著我的愛
我的愛也隱藏著我
我的隱藏著的愛
像山嵐遮蔽了燃燒著的秋林
遂將我嚴密的隱藏起來

我顯露著我的愛
我的愛也顯露著我

我的顯露著的愛
像春天的風吹過曠野無所忌憚
遂將我完整的顯露出來

我鋪展著我的愛
我的愛也鋪展著我
我的鋪展著的愛
像萬頃松濤無邊無際的起伏
遂將我無限的鋪展開來

反覆低迴　再逐層攀昇
這是一首亙古傳唱著的長調
在大地與蒼穹之間
我們彼此傾訴　那靈魂的美麗與寂寥

請你靜靜聆聽　再接受我歌聲的帶引
重回那久已遺忘的心靈的原鄉
在那裡　我們所有的悲欣

正忽隱忽現　忽空而又復滿盈
…………

——二〇〇二年初，才知道蒙古長調中迂迴曲折的唱法在蒙文中稱為「諾古拉」，即「摺疊」之意，一時心醉神馳。
初夏，在臺北再聽來自鄂溫克的烏日娜演唱長調，遂成此詩。

二〇〇二年七月十四日夜

選自《我摺疊著我的愛》（圓神，二〇〇五）

明鏡

——再寄呈齊老師

您曾經說過：時間深邃難測，
用有限的文字去描繪時間真貌，
簡直是悲壯之舉。

而如今
文字加時間再乘以無盡的距離
遂成明鏡
如倒敘的影片　在瞬間
將一切反轉
才能含淚了然於所有的必然　以及
一生裡的　許多不得不如此的理由

縱使回到最初　面對的
仍是烽火漫天屍橫遍野的昨日
可是　鏡中與鏡前的這個人啊
卻怎麼也不能否認
繫住靈魂免於漂泊的另有一根金線
如文學之貫穿在天堂與地獄之間
有些領會　日夜在心
何等幽微　何等潔淨
或許有人會說　只因為在那時
生命曾經是

何等不可置信的美好與年輕
其實　明鏡既成
您就無需再作任何的回答
這一泓澄明如水的鑑照
正是沉默的宣示　向世間昭告
歷經歲月的反覆挫傷之後
生命的本質　如果依然無損
就應該是　近乎詩

——八月二十七日在《聯副》發表的〈一首詩的進行〉，由於沒有先給齊邦媛教授過目，所以未敢加註。想不到發表之後，齊老師竟來電話相詢：「這首詩是寫給我的吧？」果然，詩心其實難以掩藏，得此肯定，我欣喜萬分。當下徵得齊老師的同意，以後收入詩集時，可以加上一個小標題：「寄呈齊老師」。因此，今天的這一首，就是「再寄呈齊老師」了。兩首新詩，都是讀了齊老師的《巨流河》之後寫成的。

二〇〇九年十月六日

選自《以詩之名》（圓神，二〇一一）

問答題

什麼叫做故鄉？
是永遠生長在我心靈深處的山川大地。
什麼叫做大地？
是此生都絕不會捨我而去的豐美記憶。
什麼叫做記憶？
是種子是根莖是枝葉是花朵也是果實。
什麼叫做果實？
是喜是悲是笑是淚是生命給的一首詩。
什麼叫做一首詩？
是歷經災劫猶在默默護持著你的母土。

什麼叫做母土？
是回首時才知疼惜的遠方已空無一物。

二〇一二年十一月二十一日

選自《除你之外》（圓神，二〇一六）

餘生

前天下午　終於把雲青馬也給賣了
那個南方來的馬販子還直誇　是匹好馬
而我把韁繩交出去之後
就再也不敢回頭　不敢回頭看牠

昨天夜裡　去打了點兒酒
順手就把馬鞭丟在西街巷底　忘了
是一個什麼人家的門背後

今天早上　來了個客人
他說是替博物館收購的
叫我別擔心　以後想看我的馬鞍還有
只要買票入場　那個民族博物館
就蓋在城東的十字路口

現在的我　應該學著做個體面的城裡人了吧？

可是　老弟啊！
我想你是不知道的　在我的心裡
還有許多　許多條活著的蛇啊！
帶著北方的寒氣和怎麼也不肯走遠的
悲傷記憶　牠們纏著我咬著我
悄悄地和我說話

（悄悄地　牠們不斷責問：
你還有沒有心肺？有沒有靈魂？
你沒聽見那匹老馬的蹄聲

停了好幾次嗎？　那天
好歹你也該轉身向牠揮一揮手吧？
……
什麼博物館？　有一次才剛進去
你不是找個門就逃出來的嗎？
那滿牆滿屋子的馬鞍啊！
不是讓你心裡堵得直犯疼嗎？
……）

唉！我說老弟啊！
總說蓋起了樓房是要我們過舒服日子
其實想一想　我和我的馬鞍十分相像
現在都塞在一個小小的洞穴裡
離開了馬　離開了天空和大地
布滿灰塵　不言不語
靜靜地等待那最後最後的　結局

二〇一三年四月十三日

選自《除你之外》（圓神，二〇一六）

汪啟疆（一九四四——）

評傳

汪啟疆（一九四四—），本籍湖北漢口，住在高雄。曾在海軍服務三十七年，歷任海軍艦長、海軍總部作戰署署長、反潛航空部指揮官、國防大學海軍學院院長，海軍中將退役；退伍後從事監獄志工、教會侍奉、軍校授課與文字工作。編過《大海洋》詩刊，目前是創世紀詩社發行人。曾獲中山文藝創作獎、中國時報文學獎、國軍文藝散文金像獎、乾坤詩獎、一九九五年臺灣年度詩人獎等獎項。

長年的海上波濤滌盪了汪啟疆的青年與中年，幻變不定的天候滴水穿石般歷練出他既孤寂又洶湧的詩心，那是他精神的根。詩是他與自己和天海不停對話的方式，因此當時年度詩獎有七位編委高度評價他，比如說他「近作往往能融戰爭與柔情為新的感性，其境比起高適、岑參、陸游、辛棄疾，又別有天地」（余光中）、「能把冷肅的理性人生和柔性的感性人生鎔鑄為一個整體」、其「感性往往是一種說不清楚的存在，卻有著握住一塊石頭那樣的真實」（洛夫）、「他寫詩從不離開軍人這個基點，他以詩人之眼觀察軍人生活，將乘長風破萬里浪的男兒志向，執干戈以衛社稷的愛國情懷，以及軍人特有的人生思維、邏輯觀和工作觀，通過他橫溢的才華一一化為傑出的詩作」（瘂弦）。這樣一生與海牽連不盡的特質，使他成為臺灣最突出、獨擁澎湃海洋的傑出詩人。

退役後他更是才情大爆發，新世紀以來陸續出版了《人魚海岸》（九歌，二〇〇〇）、《臺灣海峽與稻穀之舞》（黎明，二〇〇五）、《疆域地址》（宏文館，二〇〇八）、《臺灣・用詩拍攝》（春暉，二〇〇九）、《哀慟有時跳舞有時》（春暉，二〇一一）、《風濤之心》（春暉，二〇一三）、《季節》（九歌，二〇一五）、《軍人身世》（春暉，二〇一七）、《戰爭的島，和平的人：金門、馬祖、我們》（遠景，二〇一八）、《遙遠與陌生》（春暉，二〇一九）等詩集。

除了永遠掏不完的海洋經驗，其視野並擴及本島內裡及陸土，比如入選的〈蒙古〉，詩中借主詞「我」試圖呈規人與自然一體的不可分割性，我是羊、也是牛、也是帳幕、又是蒙古，是如幕如天地可被掀開也可包裹一切的原始之力，作者藉此欲尋覓屬於最原初、亙古不變的、最純粹的蒙古精神，「一種無處不在的什麼，蒙古之中的被割被剁被吃的事事物物，都隱藏了蒙古不可被分割的整體性。」汪啟疆不論寫什麼，都能以赤子心、拙樸的文字，深入事物內裡，捕捉那難以傳達的人與自然互抗又互動互補的存在感。（**白靈**）

蒙古

胸口一劃開
刀鋒還未收回；太陽就
　鑽進來了，竹籤的光
　撐開在帳幕內，我的裡面

掀帳幕前
那些男人豪獷叫喊，腳下
不是草原，是曾經征佔了的世界
　馬蹄踩陷，騰格爾所賜之地
　砍下過我諸多前世累積的頭顱
　用最簡單手勢、表述原野語言的篝火場
掀帳幕前，我已經決定立刻再回男人中間喝酒
明天最早起
找找柴火是誰剩的骨骼

我是那全羊和小牛一刀刀割盡
帳篷的肋架；內裡發光，而且發燙著
被分剁，我自己也吃著，且
　放血於皿器，有幾滴在開膛時
　濺入蒙古大地，啊蒙古

我是多麼戰顫而歡快
我的皮就這麼縫塑成帳幕
我坐在帳中鮮美嫩熟
（我明白，許多東西存在
　歷史火燼之灰燼下，讀出強硬）
夢把所有的夢
　剮下皮來，縫成了蒙古人

選自《疆域地址》（宏文館，二〇〇八）

骨頭

太累贅了、太負擔了、太感情了；在海上
單用骨骼活著就夠了，血肉太嫩太新鮮

和骨頭一起流浪生活多年我才懂
骨頭是怎樣活的。
無名的骨頭象徵戰爭的成就
一群沉默骨頭不去想活著或死了。
不具名字籍貫，只有血肉才需要這些。

蒼白冷硬的骨頭忘卻表情，骨頭不知道痛
迄今被解註為海上桅桿。骨頭是柴火
撐起硬理由，骨頭自已疊架祭壇。
彼此死聚一處。啊，這是幸福的。

選自《風濤之心》（春暉，二〇一三）

大航海時代

航向Ⅰ去向

向海流去的河，充滿了的渴望
都沉到哪裡去了？
翻騰奔湧的波浪，充滿了的征服
受到怎樣的安撫了？

海，愛與美的阿科羅蒂誕生於泡沫
男人們怎能不去海上尋找佔有呢
船，羅盤、帆、錨，都出發了
心頭明白著：風浪是瘋癲之愛

鮭魚之詩

美麗新世界（選三）

1 鹽

我們愛得多麼深
莊嚴顎臉的鮭魚們，每尾都
聽到大海裡溪河傳遞來呼喚。沒有表情的
男女皆以雄健的鰭尾帶著飽滿的精囊卵袋
出埃及地，一致往心跳的家鄉回去。
絕大絕大部分，都死亡撕裂於過程
身體的夢躺疊的出生地，精卵釋放
肉體死亡，但

我已回來了。

選自《風濤之心》（春暉，二〇一三）

請嚐一下裏面的海
請看沒有聲音的寂止
請尊敬我乾燥了的凝固
人啊，你內裏能有比我更大的叛逆嗎

2方　舟

我們心裏有很美麗的部分
總不掏出來；所以
世界變成了現在這樣子。

許多事情，世界
不要用日子來縫補
讓大海來洗滌吧。

3艙間書

時間之美乃在，海洋
不給萬物任何刻痕；魚缸說

生命互觸互動其自然關係
形諸難以敘述的繁複性；筆說

鷺鷥倒影在
涉水淺渚處，是我，靜靜寫出
影子、葦芒、水波、框起來的孤獨
沉思——我對妳的愛。表述船艙內
一個飽滿種籽袋如何被時間帶向遠方

選自《季節》（九歌，二〇一五）

海軍之心（二則）

國度

發現那具屍體，瞭望大聲報告方位距離；副長立即定位，記下座標經緯。
那具屍體座標經緯已回不了陸地、就此烙在所看到注視者的眼瞳。漂泊眼瞳合閉。沙漏不斷流洩。海還藏匿、攫留了什麼？

（海上曾有一個人，現在已經消失。漂泊這具使用一生的軀殼是該怎樣來作交代？鐘錶裡每一個時間都堆滿了人生骨屑吧。艦長久久注視腕錶與航海鐘，有些發愣。）

海圖上的經緯已記列航泊日記。就此結束了……曾有一個人，漂失自己國度。

路燈和雨

休假回家得突然。夜間的雨陪我自左營火車站走回果貿眷村窄小巷弄。家的院門上鎖，屋內微亮客廳燈光。我等在巷口，久久的，路燈淋著紛飛雨絲。久久的。巷口端燈光內，出現裹在一起的三個身影。大影子撐了傘、抱住一歲男孩，四歲小女生扯住媽媽衣袂。三個大小人正依疊緩慢的在雨傘下由路燈的逆光而順光的走近我。

看見的一剎，就疾走過去抱過孩子。女兒仍扯著媽媽裙角，傻傻看住我。（瀚發燒、蕙不肯一個人留在家裡，就一起去了趙平治診所……雨中聲音內盡是落葉。）

我一生都彌補不了此刻。

選自《軍人身世》（春暉，二〇一七）

生活（二則）

一碗麵

一碗麵沒有顏色
浸滿湯頭酌料
所形成的顏色

麵是單純的
籍貫姓氏
都是麥子身世
被一鍋沸水一根根燙軟的傳承

同我一起吃麵的人
只是來吃這些線，我們
或認識或不認識都坐在自己碗前

吃那一根根的身世
嚐湯和線的綜合味道
至於那碗湯的顏色
（秋天、落葉、時間、冷熱）
不想喝湯就任它冷掉
吃麵的時候，麵是麥田意識
要吸啜出風和水的聲音
湯或者有著地方特殊味道
但我不是來喝湯
是來吃麵的

樹猶如此

所有樹都思考
樹葉重擔以及飛翔
是怎麼一回事
關於鳥兒、巢椏、花朵、水果
都密不過葉子的事實。這樹扛負

如何在不容挪移中
完成對大地、天空的擁抱。

所有枝椏都具擁抱的欲望
一切的根也密纏彼此
憑此認知，從一粒核
逐漸展現風雨雷電水火刨鋸的相認

安靜。年輪在骨椎鑿打燧火
蟲蟻鳥獸聲音都來啃食
誰能提高天空
瞭解那些雲的莫名情緒
把霧按入所有樹使它們興奮
枯枝崩落就像夢未睡醒在飛翔的人。

選自《遙遠與陌生》（春暉，二〇一九）

吳晟（一九四四——）

評傳

吳晟（吳勝雄，一九四四—），臺灣彰化溪州人，屏東農業專科學校畜牧科畢業；任教彰化溪州國中生物科以迄退休，現專事耕讀。曾以詩人身分應邀美國愛荷華大學「國際作家工作坊」（Iowa Writers' Workshop）為訪問作家。出版有詩集《飄搖裏》、《吾鄉印象》、《向孩子說》、《吳晟詩選》、《他還年輕》（洪範，二〇一四、二〇一六），以及散文集《農婦》、《店仔頭》、《吳晟散文選》、《我的愛戀、我的憂傷》、《筆記濁水溪》等。

吳晟早在中學就讀期間開始發表詩作，一九六六年自費出版第一本詩集《飄搖裡》，受到詩壇矚目。一九七二年在《幼獅文藝》發表「吾鄉印象」系列作品，確立詩風。一九七六年出版詩集《吾鄉印象》，以及其後陸續出版的《向孩子說》，更奠定了他在臺灣詩壇明確的定位，當時余光中肯定他是「奠定鄉土詩明確面貌的詩人」。學者李漢偉也推崇他詩作中的「土地之愛」：一是儉樸勤奮的耕作精神，二是眷戀土地的深深之情，三是認同的札根意識。

吳晟的詩不僅止於表達臺灣鄉土、農村的事物、感情，同時也具有強烈的臺灣土地認同和寫實主義的批判精神。他的詩，不是表面的鄉土吟詠或讚嘆，而是從鄉土輻射出去的臺灣「吾土吾民」的堅持和熱愛。這樣的精神，從未改變，二〇一四年出版的詩集《他還年輕》更進一步書寫他投身社會運動、環保運動的實踐情境，面對快速變遷的臺灣，以濃密的感情發抒他的憂心和期許。

詩作之外，吳晟的散文也很可觀，他的散文一如他的詩，總是深刻切入臺灣的農村與土地，批判臺灣產業發展以及環境生態的多種問題，表現臺灣人的堅韌、剛毅與包容特質。吳晟的詩、文，被收入國小國語、國中、高中國文課本者不少，散文有〈秋收後的田野〉、〈不驚田水冷霜霜〉、〈小池裡較大一尾魚〉、〈遺物〉；詩有〈負荷〉、〈泥土〉、〈土〉、〈蕃藷地圖〉、〈水稻〉、〈我不和你談論〉……等，這些詩文共同的特質，就是對土地表達深沉的愛，對農民的命運表達切身的關懷。

吳晟用詩和散文寫臺灣人、說臺灣事、繪臺灣景、抒臺灣情，守護臺灣，真情不渝。（向陽）

他還年輕

他還年輕
雖然在深邃的海洋底下
岩石的湧動已經好幾億年了
高溫、擠壓、崩裂、沉積
每一次變動，都是艱苦的淬煉
讓沙泥變質成為最堅貞的母岩

他還在成長
從藍色的波浪間緩緩上升
站成東北亞洲最英挺的高峰
冰雪像利刃，切割過起伏的稜線
白玉一般潔淨的紋理
是島嶼上最溫柔的面容

種子不斷迸裂
生命的精氣，在雲霧繚繞處瀰漫
蒼蒼莽林正在茁壯
像上天的庇蔭
那慈愛恩澤，從天頂綿延直到平原草坡

水流從來沒有停歇、冰晶狀
從石英片岩的縫隙滲出
細小的溪澗，匯聚成雄渾的大河
土地的乳汁汩汩
孕育果實甜蜜、穀粒飽滿

高山族人，在雪融之後的溪澗旁
勞動、生活、繁衍
生命的步履像躍動的歌舞
旋律是泠泠的流水
姿態是翻飛的樹葉
森林的好鄰居，可以相依相伴千萬年

我們的玉山，他正年輕
雖然一再承受激烈的震盪
烈火焚燒、還有斧頭利鋸烙下的傷痕
和共同走過艱苦的臺灣一樣，深刻的痛
讓他成長、再成長

原載二〇〇一年十二月十九日《中國時報・人間副刊》
選自《他還年輕》（洪範，二〇一四、二〇一六）

面對米勒

燈光柔和、冷氣適中的展覽廳
擠滿觀賞人潮
面對你，舉世讚嘆的名畫
請原諒我恍恍惚惚
眼前不斷浮現

我定居的農村
炙熱炎陽下
揮汗耕作的鄉親
在你的畫布上重疊交錯

展覽主題：田園之美
面對你，舉世讚嘆的勞動美學
請容我冒昧請問你
如果你眼睜睜看著千頃農田
被大水肆虐，遭乾旱凌遲
如果你眼睜睜看著賤價堆積的收成
你將以怎樣的筆觸
揮灑拾穗

面對你，舉世讚嘆的尊貴聲名
請容我冒昧請問你
如果你置身的所在
彷若患了肌肉萎縮症

急於消滅一塊塊稻作水田
改種豪宅與工廠
你是否仍將如此虔敬
完成祈禱

面對你
請容我揣摩你的心境
你希望觀賞人潮
向土地致敬
向農民致謝
還是面對你的畫作讚嘆又讚嘆
卻看不見土地和農民

最後，請容我發出疑問
如果吾鄉畫家借到你的彩筆
畫出島嶼田野
田野上認分耕作的農民
是否也有可能

引來觀賞人潮
可有名流名媛、美學大師
稍稍投注留意的眼神

原載二〇〇九年四月十五日《中國時報・人間副刊》
選自《他還年輕》（洪範，二〇一四、二〇一六）

只能為你寫一首詩

這裡是河川與海洋
相親相愛的交會處
招潮蟹、彈塗魚、大杓鷸、長腳雞
盡情展演的溼地大舞臺
白鷺鷥討食的家園
白海豚近海洄游的生命廊道

世代農漁民，在此地

揮灑汗水，享受涼風
迎接潮汐呀！來來去去
泥灘地上形成歷史
稍縱即逝的迷人波紋

這裡的空曠，足夠我們眺望
足夠我們，放開心眼
感受到人生的渺小
以及渺小的樂趣

這裡，是否島嶼後代的子孫
還有機會來到？

名為「國光」的石化工廠
正在逼近，憂傷西海岸
僅存的最後一塊泥灘溼地
名為「建設」的旗幟
正逆著海口的風，大肆揮舞

眼看開發的慾望，預計要
封鎖海岸線，回饋給我們封閉的視野
驅趕美景，回饋給我們煙囪、油污、煙塵瀰漫的天空
眼看少數人的利益
預計要，一路攔截水源
回饋給我們乾旱
眼看沉默的大眾啊，預計要
放任彈塗魚、招潮蟹、長腳雞
放任白鷺鷥與白海豚
甚至放任農漁民死滅
只為了繁榮的口號

這筆帳
環境影響評估
該如何報告

而我只能為你寫一首詩

多麼希望，我的詩句
可以鑄造成子彈
射穿貪得無饜的腦袋
或者冶煉成刀劍
刺入私慾不斷膨脹的胸膛
但我不能。我只能忍抑又忍抑
寫一首哀傷而無用的詩
吞下無比焦慮與悲憤

我的詩句不是子彈或刀劍
不能威嚇誰
也不懂得向誰下跪
只有聲聲句句飽含淚水
一遍又一遍朗誦
一遍又一遍，向天地呼喚

原載二〇一〇年六月二十四日《商業週刊》一一七九期
選自《他還年輕》（洪範，二〇一四、二〇一六）

土地從來不屬於

土地，從來不屬於
你，不屬於我，不屬於
任何人，只是暫時借用
供養生命所需

一坵田，八百代主人
歷代祖先，守護土地
再交付下一代
看顧，即使擁有
也只是億萬年生命史
匆匆一瞬

鳥，飛掠天空、借宿樹梢
魚，悠游海洋溪流，棲息水草

獸，覓食森林原野
散居山坡、丘陵、平原、海濱
每一片土地的子民
也都只是暫住者

請解放我們的腳掌和肌膚
請敞開我們的鼻息
請貼近我們的心胸
直接傾聽土地深處、最深處
汩汩流動的訴說

土地，孕育豐饒多樣的
生命，綿延不息
任何經濟數字，沒有資格
估算多少價值與意義
土地，在大自然的懷抱中
上天的照拂下
從來不虧欠、不背棄

人們，為何一再換來
粗暴的傷害

今日活著的我們
明日即將離去
何忍放任永無饜足的貪念
吞噬有限的山林溪流綠地
成為不肖的祖先
如何向子孫交代

每一片土地的毀棄
都是萬劫不復的災難
將我們快速逼近
無處立足的絕境

仿如空氣、仿如陽光、仿如四季
土地，從來不屬於
任何人，任何世代

誰也沒有權力
剝奪下一代的未來

註：本篇部分詩句靈感得自印地安西雅圖酋長演説詞、韓良露文章〈誰在守護土地〉及好友廖永來、林明德教授的提示。謹致謝忱。

原載二〇一二年五月二十三日《中國時報・人間副刊》
選自《他還年輕》（洪範，二〇一四、二〇一六）

和平宣言

——致楊建

「一篇六百多字的和平宣言
換來漫長十二年的免錢飯
可能是世上最昂貴的稿酬」
你複誦你父自我調侃的語氣
年輕聽眾爆笑出聲

而我留意到你飄向遠方
難掩陰悒的眼神

一九四九，混亂的時局中
你父挺身而出呼籲和平
跨海來接收的政權
卻以機槍聲回應群眾
以逮捕回應你父，並刻意污蔑
囚禁在被社會遺忘的角落
留給你們兄弟姊妹，四散流離
暗暗吞嚥屈辱的眼淚
生命圖景嚴重扭曲變調

時局悄悄翻轉
歷史給予你父平反
還給你父聲名
你只能做為解說員
榮耀你父的文學

宣揚你父的傳奇事蹟
沒有誰問你，如何還給你
至少免於驚悸的童年
至少免於歧視的青少年
至少免於困阨的中壯年

也沒有誰問你的子女
怎樣承擔家族
暗沉沉盤據的歲月陰影

當權輿論要求你們
所有受害者及其家屬
學習包容，收斂怒目
學習寬恕，最好失憶
向下令加暴的集團繼承者
靠攏、求得和平
在不同選擇的爭議衝突中
家族成員因而裂離

各自形成一座座孤島
對望而相互怨懟

這一場集體大暴行
超過一甲子
加暴者匿跡無蹤
始終未出現，認錯認罪
甚至安享加暴的犒賞，傳給子孫
沒有誰向你解釋清楚
發生過什麼

你的眼光從無怨恨呀
只有悲鬱，只有
陣陣菸咳，一聲比一聲
蒼涼、一聲比一聲衰老
加暴者始終未出現
你確實不知該寬恕誰
即使握拳，只因胸口隱隱作痛

不是為了揮向誰

附記：部分詩句得自楊翠文章

原載二〇一三年二月二十八日《中國時報・人間副刊》
選自《他還年輕》（洪範，二〇一四、二〇一六）

蕭蕭（一九四七——）

評傳

蕭蕭（蕭水順，一九四七——），彰化社頭人，曾擔任景美女中、北一女中等中學教職三十二年，二〇〇四—二〇一七年任教明道大學，先後擔任通識中心主任、中文系主任、人文學院院長，二〇一二年明道大學延聘為講座教授迄今。

他先是以詩論家之姿崛起於詩壇，再以散文作品為青年學子所熟悉，而詩名響亮則是近二、三十年的事。為人勇於擔責、服務他人、十足幹勁和精神，積極扮演詩之佈道者及解人，著力於現代詩論評及現代詩的教學及傳播，著述極多，成績十分可觀。陸續推出《現代詩學》、《臺灣新詩美學》、《現代新詩美學》、《後現代新詩美學》、《土地哲學與彰化詩學》、《空間新詩學》、《新詩創作學》等評論集。「為詩人造像，為詩作演義，為詩壇植林，為讀者點燈，從而他的詩評的聲音遠遠超過他的詩」（張默）。

上世紀九〇年代中葉後，其詩創作才大量問世，繼出版了《緣無緣》（一九九六）、《雲邊書》（一九九八）後，新世紀又出版了詩集《皈依風皈依松》（二〇〇〇）、《凝神》（文史哲，二〇〇〇）、《後更年期的白色憂傷》（唐山，二〇〇七）、《草葉隨意書》（萬卷樓，二〇〇八）、《雲水依依》（釀出版，二〇一二）、《松下聽濤》（釀出版，二〇一五）、《天風落款的地方》（新世紀美學，二〇一七）、《蕭蕭截句》（秀威，二〇一七）、《大自在截句》（秀威，二〇一八）、《撫觸靈魂　風的風衣》（新世紀美學，二〇一九）……等十二部，年過半百後創作力大爆發，詩量之多之驚人，令人咋舌。

蕭蕭作品以小詩、茶詩、禪詩占大宗，千首詩中至少有八成，常於有限文字中回音空谷、發人深省。能得此境不易，顯與其「空白美學」的思索有關，在其詩中至少呈現出幾項意涵：「以中斷的空白模擬生命史的懸疑性」、「以意味的空白超越言說的侷限性」、「以跳脫的空白追索心靈的超驗性」、「以痙攣的空白展現性力的能動性」、「以天地的空白收納亙古的孤寂性」（白靈）。他貼在明道大學中文系網頁上的座右銘是：「喜、怒、哀、樂生於色而不住於心」，此「空白詩觀」不只是美學上的，也是生活觀、存在觀、宇宙觀，不只要「養空」，也要「能空」，他的詩是他歷練過生活、深悟生命後的外顯和實踐。（**白靈**）

山芙蓉的晨昏

笑的時候是彩霞
憂傷時，淡月的臉頰

山芙蓉一直是山芙蓉

選自《後更年期的白色憂傷》（唐山，二〇〇七）

枯葉飄落時

葉子落下時
他自己以為承擔了世界的體重

雲隨風湧動
風隨地球旋生

我隨著你嘻鬧或哭鬧
枯葉飄零，不無可能
世界失去了他應有的平衡

二〇〇七年六月

選自《草葉隨意書》（萬卷樓，二〇〇八）

石頭小子

1

天地渾沌的時候
我讓自己是
渾沌中的渾沌而渾沌其中

天地笑的時候
我從最裡面，一層一層笑了開來
直到二十一世紀還在笑

2

風來刻字
雨來紋身
最怕水慢慢的漾
慢慢的漾曼曼的漾
漾得我渾身發癢

3

放鬆了
全身放鬆了
我已經全身放鬆了
我已經全身全心從裡到外都放鬆了

那達摩卻來我面前閉目靜坐

4

雲翔雲飛雲舞

而我只是篤定
當我也翔了起來飛了起來舞了起來
遙遠的一顆星仍然只是遙遠的一顆星

5
含著一滴淚
我忍著不敢釋放
就怕心一軟
那果樹上的花都以為自己是蝴蝶

6
陽光直射西北方
這時我是一堵牆
為蚯蚓遮風也遮陽
土石流奔逸逃竄

這時我是一艘船
讓魚蝦跳上來拍拍胸歇喘
其實我喜歡自己是盆栽
或者，木魚也不賴

7

蹲著腿不瘦
坐著也沒矮下來
躺著可以看雲
臥著，據說能夠臥個十年五載
只有落葉看得懂
我曾經變換的姿勢

8

松葉與風的沙沙對話

隨意存放在左下方的皺摺裡
雨水流過顏面
搔留的那三分癢
確實不知道能酥麻到何時
至於你深情凝視的眼神
自有青苔隨處記憶

我終於放下春秋——
一直懸在心上那顆自己

9

樹有枝
所以可以向天空伸懶腰
我連無聊的鬚根都沒有
只好把雲當作心事
放在空中飛

選自《情無限・思無邪》（秀威，二〇一一）

隨倉央嘉措冥想

在簷下冥想
你在雨絲與雨絲會心時穿梭
要織出彩虹溫潤的喜悅

我在林前冥想
你昇上雲間俯瞰
樹蔭側身的所在多少鳥聲雀躍

我在河畔冥想
你依著水部首那三點
上上下下，揮灑著清涼意

我在火堆旁冥想
你闖越沙漠

不尋泉源不探綠洲也不聞駝鈴聲響

我在海岸旁冥想
你泅游於智慧深處
時而是方舟時而舢舨時而橡皮小艇

我在砧板上冥想
你已茹素
憑花果，沿莖溯源，緣著枝幹向著本根

我在縫隙裡冥想
你潛入孔竅中呼應
白雲千載都從山谷最狹仄的地方悠悠然笑出聲浪

我在遠方冥想
你也逗留天之涯海之角
清白的時候無風起茫霧

我在冥想那一剎那翳入冥想
你從電光石火的末梢
吐出香水蓮

我在無何有之鄉冥想
你捏痛自己的手臂
走進我的肝膽情愫接壤處同其聲息

選自《松下聽濤》（秀威，二〇一五）

截句（四帖）

1. 露珠的觀望

估計那時你已抵達
茶葉的葉尖
跳，還是不跳？

風從來不為旗子決定響還是不響

2.流汗的不習慣說汗液

避開唾液，我們使用親吻
絕口不提精液、炒飯或者做愛

專心沿著溪
沿著薰衣草的黃昏

3.相忘

雨落在江裡、湖裡
誰也記不得誰胖誰細

4.那，大不同

旁邊那一莖草知道我是他前世的愛人嗎？
湖邊那群鵝知道我是他們書法的勁敵嗎？
昨晚那風，或許知道他是我的軌轍

半空中那長尾藍鵲知道他是我的夢嗎？

選自《蕭蕭截句》（秀威，二〇一七）

撫觸靈魂　風的風衣之36

風衣隨著風
極地裡不一定有極光
風衣隨著
赤道間都是火的親屬，遠房又遠房
風衣隨著

隨著風上了閣樓
下了山谷
去到了十八層地下室
來到了一絲不掛的空
風衣隨著風

隨著風成形、或者不成形
親過秦磚漢瓦
入了唐，進了宋
就是不繫縛風、不包裹風
不理用舍由時，只管行藏在我
隨我的　風

認了風，萬世行
任著風，萬里行
風衣終究有他自己的千秋

選自《撫觸靈魂　風的風衣》（新世紀美學，二〇一九）

李敏勇（一九四七——）

評傳

李敏勇（一九四七—），臺灣屏東人，在高雄出生，短期居留臺中，現為臺北市民。大學修習歷史，曾任高中教師、新聞記者、廣告人、企業經理人。一九六九年出版第一本書《雲的語言》，五十年來，在著述之路不輟，已出版詩、譯讀詩、散文、小說，文學、文化、社會評論八十餘冊。為許諾國家重建、社會改造的願景，出任過許多文化基金會董事長職務，並在報章撰述專欄。進入二十一世紀之後，出版詩集《自白書》（玉山社，二〇〇九）、《一個人孤獨行走》（玉山社，二〇一四），彙編已出版詩集為《青春腐蝕畫》、《島嶼奏鳴曲》兩本合集，並出版譯讀世界詩十多冊。二〇〇七年，獲頒第七屆國家文藝獎；二〇一九年獲頒第二十三屆臺灣文學家牛津獎，也以〈傷痕之歌〉（蕭泰然曲）獲第三十屆傳藝金曲獎最佳作詞獎。

李敏勇是臺灣戰後世代詩人中的佼佼者之一。一九六八年開始在《笠》詩刊發表作品，隨後加入《笠》詩社，成為《笠》戰後世代的主力詩人。一九六九年，他將發表過的詩和散文集為《雲的語言》；一九七一年，他在《笠》詩刊以筆名「傅敏」發表詩評〈招魂祭〉，批評洛夫，引發「招魂祭事件」。此一事件，宣告了他對超現實主義詩風的不滿。一九七七年鄉土文學論戰爆發，一九八六年李敏勇出版詩集《暗房》，在這個階段，他主編《笠》詩刊，也接辦《臺灣文藝》，他具有強烈現實主義色澤的詩作因而源源不絕的出現。

李敏勇以詩為匕首，具有強大的批判精神。他的詩往往以衝決暗房的姿勢，面對臺灣歷史、政治和文化課題，在乾淨的語言之後，含蘊千鈞力量，直擊荒謬的戒嚴臺灣。名篇如〈暗房〉，以及〈我們的島〉、〈島國〉等，都受到詩壇和社會公眾的矚目。一九九〇年，他一口氣出版已發表的作品為一九七〇年、一九八〇年《鎮魂歌》、《野生思考》和《戒嚴風景》三本詩集，水準齊一，以詩和政治對話，更是動人。這三本詩集連同一九九三年出版的詩集《傾斜的島》、一九九九年的《心的奏鳴曲》可視為他在一九七〇到九〇年代詩創作的總成績。

二〇〇七年，李敏勇以他的詩藝成就榮獲國家文藝獎。讚詞說他「集反戰精神、歷史思索和現實批判三者於一身，因此開創了詩的文化論述之路，為臺灣詩壇開創了以詩論政、以詩論史的開放空間，也為詩的文化論述建立了典範。」這是對李敏勇文學成就允當的定位、恰如其分的肯定。（向陽）

風中一葉

不要想風中飄動的那一片葉子
不要憂慮它會落到何方
現在它綠色葉脈在陽光中
它光澤的話語
訴說著生的歡愉
悲傷是當它由綠轉黃
見證了成熟
那時已是秋天
晚禱的鐘聲將夕陽的顏彩
譜成音樂
悲傷也是一種美
就像人生
在旅途中
各種註腳印記不同的形跡

三代

1.

把一紙戒嚴令釘在祖父的胸
威權統治的頭子站在塔樓
揮舞他的權杖
指著島嶼說
一切為了反攻海峽的對岸

那裡已建造新的城牆
名之鐵幕
並升起黃色星星
在紅色旗幟上
對峙的砲口發出喊叫聲

選自《自白書》（玉山社，二〇〇九）

抹白一切
紅的，綠的
以襯托從天空和海洋竊取的色彩
你說自由
他吐著自由的口水

2.

父親從火燒島回來時
時光已在他的臉上鑿出溝渠
染白的頭髮覆蓋了他藏在腦海裡的思想
像一株被風雨摧折的樹
根還在土地裡生長
臺灣是有罪的
有罪的歷史
有罪的地理
自由的風吹走戒嚴令

父親的胸口疼痛著

判決書被風雨洗刷成抵抗的旗幟
在每一株樹上
那是一片一片葉子
吹拂著鳥的鳴唱
雨是雨而是眼淚

3.

不太記得父親的兒子
用成長的時間去熟悉的口音
抖顫的腔調有泥土的味道
有海水的味道
甚至有天空的味道

那是蒸發的水分成為雲
漂浮在島嶼的上方

日間稀釋陽光
夜晚遮蔽星星
某種隱喻或說象徵

翻轉的時代
印拓島嶼的歷史
扎根在土地是樹而不是盆栽
島嶼是一艘船
桅桿飄揚旗幟宣示著國家

選自《自白書》（玉山社，二〇〇九）

一個人孤獨行走

默念著米洛舒的詩
我走在種植木棉花的街道
隔著一條街
遊行的隊伍吶喊著

炎熱空氣裡被蒸發的聲音
飄浮在城市上空
一些雲點綴自由的夢

我也曾
行走在抗議的人群裡
被淋濕的身影
印記著歷史淤積的淚水
那些腳印
以及灰塵
模糊在時間的冊頁

政治畢竟是
權力的幻影
在旗幟飄搖的風景裡
糾纏著光與黑暗
一些物理學的準則
或者說化學

甚至……

不能言說的
數學
盤算著利益的程式
顛覆我們用大寫字母寫公理與正義
用小寫字母寫謊言與壓迫的
哲學
更別說文學了

〈咒語〉的行句
撫慰我的心
波蘭文或英文
如今轉換成漢字中文或臺語
不只隔著一條街
從相距千里萬里的遠方
米洛舒已死而他的詩存在著

只有精神
能穿越時間黑暗的甬道
穿越空間荒漠的廣場
在一個美麗之島也是悲情之島的
一個城市一個人孤獨行走
花已褪盡而綠葉猶存的樹
拓印肉體的行跡

選自《一個人孤獨行走》（玉山社，二〇一四）

二月

早春的祭典被冷風吹拂
一株株百合花
一張張受難者的臉
陽光的手撫慰大地

那些被歷史窒息的人

如今
躺在紀念碑的重負之下
被政客叫喚著

也被剪貼的書頁
供奉在語字
行句之間有嘆息的聲音
輕若樹葉飄落

選自《一個人孤獨行走》（玉山社，二〇一四）

月印離散

——悼雪湖老人兼懷松棻

雪融了
湖水冷澈
你睡在歷史的卷軸

隱沒於夕陽
大稻埕膠彩
倒映舊金山的餘生
模糊的國度
交織著離散
只印記在天邊
暗淡的月
被切割的鄉愁
橫越太平洋兩岸
父與子
聚首不在人間而在天上

選自《一個人孤獨行走》（玉山社，二〇一四）

蘇紹連（一九四九——）

評傳

蘇紹連（一九四九—），臺灣臺中人，一九六八年與洪醒夫、陳義芝等人創立「後浪詩社」，一九七四年改為「詩人季刊社」。一九七一年參與林煥彰、辛牧等人成立「龍族詩社」，一九九二年與向明、白靈等人創辦「臺灣詩學季刊社」。一九九八年以網路筆名米羅・卡索建置《現代詩的島嶼》網站，二〇〇〇年建置《flash超文學》網站，二〇〇三年建置《吹鼓吹詩論壇》網站，二〇〇五年起主編《吹鼓吹詩論壇》紙本詩刊，籌劃「同志詩」、「新聞詩」、「無意象詩」、「語言混搭詩」等各種專輯徵稿。曾獲創世紀詩獎、中國時報文學獎、聯合報文學獎、國軍文藝金像獎、臺灣新聞報西子灣文學獎、年度詩選詩人獎等獎項，早年著有詩集《茫茫集》、《河悲》、《童話遊行》、《驚心散文詩》、《雙胞胎月亮》、《隱形或者變形》、《穿過老樹林》、《我牽著一匹白馬》等。新世紀創作無歇，出版：《臺灣鄉鎮小孩》（九歌，二〇〇一）、《草木有情》（秀威，二〇〇五）、《大霧》（臺中市政府，二〇〇七）、《散文詩自白書》（臺灣詩學季刊社，二〇〇七）、《私立小詩院》（秀威，二〇〇九）、《孿生小丑的吶喊》（爾雅，二〇一一）、《童話遊行》（釀出版，二〇一二）、《少年詩人夢》（秀威・釀，二〇一三）、《時間的影像》（臺中市政府，二〇一四）、《時間的背景》（釀出版，二〇一五）、《時間的零件》（新世紀美學，二〇一六）、《無意象之城》（秀威，二〇一七）、《你在雨中的書房，我在街頭》（小雅文創，二〇一八）、《非現實之城》（秀威，二〇一九）、《我叫米克斯》（遠景，二〇一九）等詩集，作品多次入選年度詩選及各類詩選。

蘇紹連創作力豐沛，在詩的海洋裡無法以單一的島嶼或列島限定，以時間三書而言，分屬三個不同類型的出版社發行，「時間」既有意象為主的影像，復有哲理思考的背景，更有唯物觀察的零件，蘇紹連讓時間有了具體形象、動感、追蹤與思索的脈絡。若以「攝影與詩的思維」來綰結，《你在雨中的書房，我在街頭》的大量攝影圖與四行詩結合，《非現實之城》則一卷一圖與取材現實的非現實之作遠距呼應，又是兩種重磅出擊的比對！蘇紹連戲稱是「雙城記」的《無意象之城》與《非現實之城》，應該是近十年來臺灣詩壇以「詩」見證「論」的巨著——這「論」又是逆詩壇流向、反詩壇溫度的「論」，可以說「雙城記」是蘇紹連自己、也是詩壇的雙高峰，可見的未來，城下應該無人叫陣。

輕鬆一點，接地氣一點，有論、有詩的作品還包括最新的《我叫米克斯》，混合性語言的詩集，論者恆曰：「蘇紹連的作品往往有『欲言又止』、『意猶未盡』的餘味，詩句間的意象，常常呈現跳躍式的散點，若即若離，泉水般不斷從潛意識湧現，而固著於語言的轉換之間。」但詭譎的是，蘇紹連在詩壇上倡導的往往是形式的逆勢衝撞與語言的改裝，最顯著的如早年的散文詩、四言詩，新世紀的無意象詩、混搭詩……，活火山式的，隨時爆發難以估量的、自己蓄積已久的火光。（蕭蕭）

炭的嘆息

旅館的古墓意象，在遺書的文字裡找到
自助旅行失落的地圖裡也發現了我的存在
但是我向來不協助靈魂的探險
煙薰我的綠色前世
今生我竟如此漆黑

漆黑裡面，隱約看見悶燒的火光：
二女相約賓館燒炭自殺留言盼為她做七年法事2005/04/11
竹南中學音樂老師車內燒炭自殺身亡 2005/04/11
為情所困阿兵哥家中燒炭自殺 2005/04/04
疑憂鬱症作祟知名導演吳念真胞妹燒炭自殺2005/04/02
得不到家人祝福姊弟戀人宜蘭民宿燒炭自殺亡2005/04/01
疑似酒駕付不出罰款金門 一男子燒炭自殺 2005/03/30
一對男女租屋處燒炭自殺死亡逾五天 2005/03/28

消防署科長蕭資昇燒炭自殺原因調查中 2005/03/28
投資失利鬱卒姊妹著白衣褲燒炭雙赴黃泉 2005/03/28
又見燒炭自殺男子陳屍轎車內 2005/03/28
又是相約尋短離婚女偕同窗好友燒炭一死一傷 2005/03/27

我是不起煙的餘燼，氣血已乾
原諒我賣身之際，已被當作死亡的奴僕
原諒我除濕之前，除濕機未被修理
原諒我防腐之前，防腐劑失去了味道
原諒我求生的吸附力雖強，卻釋出了一絲絲的嘆息
現在，我和已變灰、變白的囚服
一同躺在冷卻的炭爐裡

二〇〇五年

選自《時間的背景》（秀威，二〇一五）

一片小小的陽光

1

在我最黑暗的時刻
僅有的一片小小的陽光
於囚禁的密室裡懸浮著

我凝視這一片小小的陽光
像凝視一個黑暗的出口
只容許一行文字通過去

一片小小的陽光懸浮著
我想像它是一隻眼睛
偵測我的語言和自由

剎那間，我和它相互對視
相遇在許多陌生的日子裡
和時間的腳步一樣無聲

2

不知從何處來的一片小小的陽光
它顫動著，畏懼於黑暗的包圍
它透明而冰涼，如一片小水波

浮浮沉沉，彷彿有一片帆
從天際的某一個缺口處緩緩降落
航行好幾個光年而來

我坐在時間的岸邊等候
黑色的河已沉睡過數個世紀
此刻醒來如同投照於水中的黎明

我看到陽光覆蓋下我蒼白的臉龐
晃動著，在悲哀中升起的一朵荷
從葉上滾落一顆顆水珠

二〇〇七年
選自《時間的背景》（秀威，二〇一五）

青色瓷盤

一片潔淨的平面
像渡假而去的肌膚
躺在模擬水池的
青色瓷盤上
靜默的水池
看不到立體的噴泉
沒有天空的光和影
沒有喜悅的花卉

圍牆全部推倒
如散落的書頁
一張張印刷的圖片上
看不到車子和行人
看不到動態
看不到生命

平面，是隱忍
悲哀最好的形式
顫抖的肌膚，學習平面化
在水洗過後，被刀子雕鏤
開始肚臍，開始乳房
開始頸項，開始臉龐
開始生命。凹陷的隱喻
凸出的象徵，全部
平躺在青色瓷盤上

選自《時間的零件》（新世紀美學，二〇一六）

一個老人為我跳舞

他拾獲一個沉沒的聲音
放給我聽

那是我的聲音
划動了
一艘艘掛著的笑容

他把我的聲音編成曲子
把他的回憶捲成
許多旋律

他張開自己而飄浮
轉了一圈又一圈
繞著我跳舞

不遠是死亡
看著我們

他停下來
和我一起向著死亡微笑

原載二〇一六年一月八日《中國時報・副刊》
選自《無意象之城》（秀威，二〇一七）

弱體

身體弱了
要進入天色裡，覺得有點困難
那就繼續守在陰暗的路上
疾病的公車站牌
遠處的疼痛
緩緩而來

欲至膏肓
心肌底下
舉起利刃
無情割裂
背脊山脈
癱瘓的醫院
只剩一所
靜默的建築物，其身體
其落下來的白色
袍服，器官裸裎
是牛頭馬面
是蟻螻
相陪相伴一生
至最後一間病房下車
躺平的紙張
讓影子躺平
那雙摺疊的小手
更像蓮花

灰釘已具
落下來的聲音
彷彿就落在四肢
身體的確弱極
不想再起身

註：引用「近因疾病，欲至膏肓，牛蟻不分，灰釘已具。」（李清照）

選自《非現實之城》（秀威，二〇一九）

老木箱返鄉

他把自己摺疊在一個老木箱裡，然後蓋著，上鎖。拿到某物流公司將箱子以船運的方式遞送到一座童年的，邊緣的島嶼。

他在進入老木箱之前，已經先在木箱裡面貼滿家人臉孔的照片，貼滿過往的生活。他在進入照片之前，先劃出位置給遺忘的人，用位置等候了一個即將要返回的人。他在進入位置之前，先用彩色的玻璃珠映照射著海的光芒，用衣架把雲和雨水倒懸，用螺絲把天空釘緊在鍍鋅鐵片上，用偽裝死亡的假寐給自己安置一個房間。他在進入房間之前，輕輕敲醒黑貓與貓的黑色，讓貓變白，變為磁磚上的光影；而他把自己和家俱殘片混合複製在磁磚裡，像鳥屍一樣再也飛不起來。他在進入老木箱之後，他和木箱裡的物件一一鑲嵌，他逐漸變身。

老木箱遞送到了邊緣的島嶼，沒有人從照片裡出來，沒有人離開位置，沒有人看見房間，沒有人是掛勾，沒有人勾住他的關於狗的綠色冥想。沒有人打開他。

註：讀藝術家陳順築的影像裝置有感而作。

原載二〇一五年三月十七日《自由時報・副刊》
選自《非現實之城》（秀威，二〇一九）

西索米

雨水相送三疊

樂團的伴奏搖身一變
成為流行文化
大家撐的都是黑傘
傘下的城市和山脈
散發豔光四射的肢體語言
帆船帽列隊沿著海岸線
陪你一程

（不平靜的海湧聲
佇惜別的時陣
害阮心肝卜卜跦
毋是阮甘願親像一隻貓仔
歕著細聲的樂曲）

童年的教堂聖樂如煙霧
在壁畫上的蓮花手指尖
繚繞
輕彈

耳語也是用混搭的儀式散佈
堤道上穿著臺式旗袍的女人
和穿著寬版領子西裝的男人
一起踩踏著重複的舞步
讓離島的燈塔
遠遠看得見這是一首哀歌

（踩，沉重的踩
愈聽心肝愈卜卜踩）

貓躲在小喇叭裡哭泣
哀鳴，你聽見了嗎
伸縮喇叭盡情留下影子的
異形，你看見了嗎
過世的將軍吹起薩克斯風，你聽見了嗎
輕騎兵的序曲跳躍在
大小鼓上，你看見了嗎
麻雀的小爪戀棧著行動鐵琴

低音大號只為政府高階官員而響
你終將是魂斷藍橋
的驪歌

心肝トト跌
蘇武牧羊與南都夜曲也トト跌
示範吹奏國歌也トト跌
吹得腮幫子鼓鼓的
眼淚都快掉下來
漫長的送行
是慢節奏的
雨水

註：楷體字為臺語。

原載二〇一七年十二月十四日《聯合報・副刊》
選自《我叫米克斯》（遠景，二〇一九）

白靈（一九五一——）

評傳

白靈（莊祖煌，一九五一——）生於臺北萬華，福建惠安人。長期擔任臺北科技大學化工系教職退休後現任東吳大學中文系兼任副教授。年度詩選編委，曾任臺灣詩學季刊主編，作品曾獲國家文藝獎、二〇一一年臺灣新詩金典獎等十餘項。創辦「詩的聲光」，推廣詩的另類展演形式。新世紀出版詩集《愛與死的間隙》（九歌，二〇〇四）、《女人與玻璃的幾種關係》（唐山，二〇〇七）、《昨日之肉》（秀威，二〇一〇）、《五行詩及其手稿》（秀威，二〇一〇）、《詩二十首及其檔案》（釀出版，二〇一三）、《白靈截句》（秀威，二〇一七）、《野生截句》（秀威，二〇一八）等另著有童詩集兩種，散文集三種，詩論集《一首詩的玩法》、《新詩跨領域現象》等八種，主編《中華現代文學大系（貳）詩卷》、《新詩三十家》、《臺灣詩學截句選三百首》等二十餘種。建置個人網頁「白靈文學船」、「乒乓詩」、「無臉男女之布演臺灣」等十二種（http://www.ntut.edu.tw/~thchuang/）。

白靈長期推動詩教、詩活動，鼓動臺灣的詩風潮。他主張小詩（十行以下，大陸稱短詩），大規模創作五行詩，後來變本加厲，提倡四行內的小詩「截句」，他說截句「截了小詩或長作，卻更有彈力，更會彈跳，更接近庶民」，是「踢遠廟堂開始百姓的野人」。白靈的短詩一向意境鮮明深刻，想像力驚人。

其實白靈曾作過長詩如〈大黃河〉、〈黑洞〉、〈圓木〉、《甍之復仇》等多首。其詩創作關照的向度相當遼闊，寫景，詠史，旅遊，大多繼承傳統的抒情美學；自然也有像〈慰安婦自願說〉這類的怒目金剛。

從早期的詩開始，白靈即帶著濃厚的故國情懷，諸如〈童年〉、〈祖籍〉、〈長城〉、〈鄉關〉、〈歌聲使我眼淚上升〉等等，通過華人的苦難歷史，召喚國族認同和血盟、身分認同，他的詩透露詩人的胸懷，和誠懇的情感，令人動容。晚近，詩人往往通過對地理的認同，達到文化的認同；他的文化認同反映出共同的歷史經驗，並共享文化符碼。（焦桐）

金門高粱

只有砲火蒸餾過的酒
特別清醒
每一滴都會讓你的舌尖
舔到刺刀

入了喉，化作一行驚人的火
燙進了歷史的胃袋
有誰的脖子和耳根
不紛紛升起
金門的輝煌
和悲涼

整片臺灣海峽唯這座島
配做肚臍眼

半世紀的駭浪驚濤
都裝在裡頭
要幾瓶酒才倒得光

始終倒不出來的是歲月吧
從空酒瓶口望進去
望遠鏡中
卻是沒有一條船穿得透的
茫茫濃霧

那就趁半醉半醒
雙手朝兩頭一推
把海峽兩岸都推到
千年之外

但此時你卻醒在
酒瓶堆上
揉揉眼睛說：

「天呀，這裡種下的砲彈
竟比長出的高粱還多！」

二〇〇〇年

慰安婦自願說

森林自願著火
好讓閃電抽亮它的鞭子

房子自動搖晃
方便地牛打哈欠

肉體自己打開傷口
因為子彈要路過

頭顱有機會掉落
全因武士刀銳利的仁慈

所有的番薯都剝光了自己
躺滿島上，說：
「來吧，歷史，踩爛我
讓我好好地愛你們的腳跡！」

註：數千婦女於臺灣日據時期被迫或被誘往南洋慰勞日軍，從事性服役，未死返家者十不及一。竟有人誤傳彼等乃自願前往，輿論嘩然。以詩記之。

二〇〇一年

邊界
——兩顆星球會比兩顆心遠嗎

因此造物者為我們發明了吻
我的唇的存在

必須與你的唇交纏
方才存在
但它的根源我們仍捉摸不定

當我收回
我的唇重新消失
這就是做為兩對唇舌的悲哀
無法移動的兩座城池驅遣勇將
捉對廝殺後又鳴金收兵
一生就這樣，直到城空人去
唇毀，舌亡

唇慢慢領悟，它只是黑夜白天之間
蹩腳的翻譯家
舌是一座伸向空中試圖跨界的
肉做的橋
巫師手中造謠的法器
靈異逃亡於陰陽兩界的

走私者

道德終身在背後捉拿我們
但夜黑風高暴雨疾打
糾纏的界線上我們仍相互撕咬
繼續以言語咕噥地捉弄明天
企圖短暫地造橋鋪路
並成為我們白日無法辨識的
混血怪胎

二〇〇四年

流動的臉

沒有固定的臉，從出生就不知自己確切的模樣，我的速度即是雲的速度。日月山說從我臉上可以看到他自己，巴燕峽、紮馬隆峽、和老鴉峽也這樣說，金剛崖寺的塔尖倒在我臉上只不過一千年罷了。

昨日來過的藏女又到我臉頰邊來照亮她自己了，她的祖母也是，她祖母的祖母也是。犛牛們也來啃我的臉了，我突然由一雙牠們的眼珠子看到自己的一點點影子，真的只有芝蔴般一點點臉皮，不斷閃動的一點點臉皮，我真的沒有固定的臉嗎？

我也想去藏民們口中的塔兒寺匍匐參拜，叩頭十萬次，雖然他比我年輕太多太多了，我，應該有幾千還是幾萬年那麼老了吧。但即使我把我自己撞得鼻青臉腫，從額頭到臉頰到下巴拉長了幾百公里那麼遠，甚至變形到不行，依然無法看見他的大小金頂。

匍匐去參拜了一年的老藏民回來了，蹲在我身邊，用我的臉來洗他的臉，我跳躍著流過他的眼睛，終於也看到，他眼珠中還沒熄滅的大小金頂。

我滿足地放他離去，繼續以雲的速度向遠方奔去，繼續流動我的臉，成為一條在風中漂泊的哈達。

我沒有固定的臉。我是湟水。

註：湟水，在青海省境內，黃河上游最大的一條支流。

二〇〇九年

濁水溪

自奇萊山壁跳下的
一則金黃色傳奇
幾十萬公頃的陽光正等候
一支長長水做的嗩吶

濁水溪，沙子與人子
開始在你的傳奇裡翻滾
中華白海豚也在
遙遠的潮間帶，喊你

你是臺灣最會哭的淚腺
一條繫住南與北的黃金緞帶
每株樹每個人每座橋每盞燈
都在你的傳奇裡，找自己傳奇的影子

你是善良的，你是邪惡的
你是溫順的，你是狂暴的
這土地到處張貼著都是
你小黃河的名字

濁水溪，你的哪一滴水
不是天空的眼淚？
你的哪一粒砂不是大山的身體？
你天天載著千萬朵雲，在我們眼前奔跑

你一點一滴把中央山脈帶去流浪
你是一條把臺灣揉成萬花筒的河！

註：濁水溪發源於奇萊山與合歡山之間，含沙量約淡水河十五倍，高屏溪十倍，日本學者伊能嘉矩稱之為「小黃河」。濁水溪口是全臺僅存最大片原始泥灘地，有瀕臨絕種的中華白海豚、稀有的東方白鸛、黑嘴鷗和大杓鷸。

截句

1 恆河邊小立

河裡每粒沙都寫著佛陀的偈語
風到處搜尋當年他殘留腳印
卻捕捉到屍味煙味牛糞和檀香

恆河明日會捧起今日如一粒沙洗淨

2穿

哪種消失的姿勢可以重製？
一葉之飄、片雪之飛、絲雨之滴
即使一根髮之叮咚落地

二〇一一年

沿路驚叫、燃燒、穿破日子而去

3 櫻花是一朵朵散掉的鐘聲

——「誰能製作一口鐘，敲回已逝的時光？」（狄更斯）

花大多枯萎在樹上
櫻較乾脆，你聽它一朵
一朵跳下，重擊地球臉皮

每一朵都是緩慢枯萎的鐘聲

4 成吉思汗

——鄂爾多斯所見

劍尖指前，唯他戰馬是奔馳的劍光
百萬鐵蹄刺繡草原為一部血史
衝進時間大漠仍頹然跪倒成齏粉

你拾起的每粒沙都嘶鳴著一匹　馬

二〇一八年

李勤岸（一九五一——）

評傳

李勤岸（一九五一—），臺南新化人，美國夏威夷大學語言學博士，國立臺灣師範大學臺灣語文學系創系系主任，教授兼文學院副院長退休。現為國立中正大學臺文所專案教授、澳洲國家大學榮譽訪問學人兼臺語教授。曾任教美國哈佛大學。臺文筆會創會理事長，臺灣母語聯盟創會理事長。得過榮後臺灣詩人獎、南瀛文學傑出獎、臺灣文化獎等。出版十八本詩集，散文集四本，論文集五本，其他編著六十餘冊。二〇一一年應邀代表臺灣參加尼加拉瓜第七屆Granda國際詩會。同年世界詩歌年鑑出版英蒙對照版詩選《*Selected Poems of Khin-huann Li*》。

李勤岸最初以筆名「牧尹」發表詩作，一九七四年加入後浪詩社。進入東海大學外文系就讀時，與楊逵認識。一九七八年出版第一本中文詩集《黑臉》，以寫實主義筆法批判當時的社會。受到詩壇矚目。一九八三年加入春風詩社，以詩參與黨外政治運動。其後赴美留學取得碩士學位，返國任教於中山大學外文系，因政治因素遭解聘。一九九一年，參與發起第一個臺語詩社「蕃薯詩社」，開始投入臺語文運動。

李勤岸的詩，早期以中文撰寫（一九七四—一九八七），短小精悍，兼具抒情的浪漫和社會寫實的批判，代表著作為《一等國民三字經》；一九九五年出版《李勤岸臺語詩集》，以純熟的臺語詩展現他獨特的風格；二〇〇一年以《李勤岸詩選》列入「臺語文學大系」，確立他在臺語文學界的定位。新世紀之後，陸續又有《母語e心靈雞湯》（真平企業，二〇〇三）、《大人囡仔詩》（真平企業，二〇〇三）、《咱攏是罪人》（開朗雜誌，二〇〇四）、《食老才知的代誌》（開朗雜誌，二〇一一）、《人面冊e花蕊》（開朗雜誌，二〇一四）、《人面冊e季節》（開朗雜誌，二〇一四）、《人面冊e傳奇》（開朗雜誌，二〇一四）等詩集推出，題材更趨多樣，風格也更見繁複。

李勤岸的詩作題材以政治、社會的寫實批判為多，對於臺灣從戒嚴到民主過程的諸多現象，擅長以簡潔有力的語言抵抗霸權，以諷喻之筆戳破各式神話；近十多年來，則融入語言學素養，勾描日常生活、思考人生哲理，既開拓了臺語詩的題材，也深化了臺語詩的思想內蘊。（向陽）

當機

電腦當機 ê 感覺
我完全會 tàng 體會

一開始掠準是夏季提早來
滿樹 ê 蟬仔聲
滿耳 ê 蟬仔聲
滿腦 ê 蟬仔聲
天氣雄雄熱起來
身軀開始拚清汗
無張持，雄雄冬季𪁎來矣
身軀開始起畏寒

銀幕頂懸
出現一條一條爍㖂爍㖂

霧霧 ê 線條
愈來愈霧
開始感覺 gông-gông
天地顛倒 píng
píng 來 píng 去
踅來踅去，然後
痛苦化做宛然醉後 ê 心酸
吐吐出來

天地踅了後
季節踅了後
心情吐了後
規个腦
凍結

我 ê 當機
電腦完全會 tàng 了解
開機傷過久

閣同時開傷濟檔案
伊就會按呢
抗議

二〇〇八年四月十二日小碧潭

翁仔某

做愛
攏愛做 kah 開花
做 kah 花開並蒂

冤家
攏愛冤 kah 高潮
冤 kah pit 叉分枝

冤家參做愛相仝
次數漸漸少

高潮漸漸低
漸漸，卻流出一款滋味
黏 thi 黏 thi
tsiánn 甜仔 tsiánn 甜
人講號做
翁仔某
彼款 ê 滋味

二〇〇八年八月三十一日初稿；二〇〇八年九月十四日定稿

失憶症
——《食老才知的代誌》之21

蜂岫

一格一格 ê 小房間
囥糖甘蜜甜 ê
往事

囥鹹酸苦汫 ê
記持

食老以後
房間一間一間
Ta-pôo-- 去
內底 ê 幼蟲
一隻一隻
拍損去
袂赴大做會飛 ê
夢

記憶 ê 蜂岫
Tshun 一格一格
空格仔
Tshun 真濟空格仔
疊做一个塔
一个真懸真懸 ê

空虛

二〇〇九年七月十二日臺師大臺文所
選入《二〇〇九年臺灣現代詩選》（春暉，二〇一〇）

Kap蘇東坡坐捷運

下班 ê 時，我 tshuā 你坐捷運
臺電大樓上車
彼陣你少年，拄考著進士

公館，你任鳳翔判官
你詩名下港透頂港
景美，做國史館館長、杭州通判
萬隆，做密州太守、徐州太守、湖州太守
你行政能力好，koh 苦人民所苦
看起來萬事興隆，前景美好

大坪林，小人用索仔共你縛 leh
押上京城
規个時代上偉大 ê 作家沿路 tshê 路皮
恁 ê 民族 tī 世界面前卸 sì-tsìng
你 ê 罪名傷出名
四十四歲，落監

七張，咱 tī 遮轉車
你 tī 遮轉運
一張詔書叫你去登州做太守
一張叫你去京師做中書舍人
一張叫你做翰林學士
一張叫你做杭州太守
一張叫你做吏部尚書
一張叫你做兵部尚書
一張叫你做禮部尚書

小碧潭支線
拄上車 niâ，kap 我平濟歲 ê 你
隨老 kah 頭毛喙鬚白
有人 peh 起來讓位予你
你予人放逐，去到惠州，去到海南島
臺灣 m̄ 是中國 ê 領土，若無，
你會予人放逐來到遮
到遮來，一一〇一年
小碧潭猶未到
加我無幾歲 ê 你
結束你起起落落 ê 一生

我冊合起來
踏出捷運站
心肝頭感覺 tsàt-tsàt
氣強強 beh 喘袂過來
喙若像食著胡蠅
Koh 吐袂出來

寫字

有人寫一字傷
tī你ê心紙
你beh寫一字害
tī伊ê心紙
抑是寫一字恨
踅tī傷痕頂懸
kā彼字傷踅hōo愈疼
疼入紙心
抑是莫koh寫字
用拊仔kā傷跡拊掉

二〇一〇年七月二十八日 蘇東坡忌日

選自《詩人四十一蕊花——李勤岸詩選一九七四～二〇一四》（開朗雜誌，二〇一四）

只驚最後內心煞積真濟
拊仔屎

有人 tī 你 ê 心紙
寫一字愛
彼字愛疊 tī 恨頂懸
完全峇峇
Koh 會滲入紙心
拊去傷字 ê 刻痕
撫平所有 ê 不平
包括所有累積 ê
拊仔屎

二〇一六年十二月二十五日小碧潭

零雨（一九五二——）

評傳

零雨（王美琴，一九五二—），臺灣大學中文系畢業，美國威斯康辛大學東亞語文研究所碩士。一九九一年哈佛大學訪問學者。曾任《國文天地》副總編輯、《現代詩》主編，並為《現在詩》創社發起人之一。一九九二年起任教於宜蘭大學。著有詩集：《城的連作》、《消失在地圖上的名字》、《特技家族》、《木冬詠歌集》，及新世紀出版的《關於故鄉的一些計算》（自印，二〇〇六）、《我正前往你》（唐山，二〇一〇）、《田園/下午五點四十九分》（小小書房，二〇一四）、《膚色的時光》（印刻，二〇一八）等。

多數女性詩人擅長軟性抒情，零雨卻以不同的知性情采崛起於一九九〇年代。她著重原創精神，探索抒情感性之外的新表現，是一個具有異樣感知能力、安於孤獨，頗能於靜默、純粹中開發細密想像的詩人。論者稱許她在無盡的旅途中冥想，「文火煉金」般的詩作有恢宏的意緒。都會的隱喻、樸質文明的嚮往、精神原鄉的建構及資本主義社會的反思，她都能以戲劇化、寓言化的方式演繹，揭示人類普遍的精神困境。

零雨一向擅長連作，例如一九八〇年代「城的連作」七首，一九九〇年代「我們的房間」八首、「特技家族」九首、「鐵道連作」六首，新世紀以來的「語詞系列」、「神話系列」，也令人矚目。她的連作並非由概念主導拼湊，而是如情志山系的連綿開展。

《看畫》這一組詩，是與日本浮世繪畫家歌川廣重的名作《東海道五十三次》對話的詩，是她尚未結集的新作。《東海道五十三次》描繪日本舊時由江戶（今東京）至京都所經過的五十三個宿場（相當於驛站），即東海道五十三次的各個驛站的景色。該系列畫作並不完全寫實，有歌川廣重個人的想像。零雨這一組詩，表現已知及未知的旅途、某種生活的挽留及悼念，灌注了詩人的時空意識，另賦畫作以新意。（陳義芝）

看　畫（節錄，八首選六）

——歌川廣重《東海道五十三次》

2.（第19次）渡河

所有的人，都在旅途中
首先要渡河

騾馬馱著重物，有的時候
是輜重，有的時候
是美女，尤其是打扮妖嬈的那些
她們值得，以金錢衡量

有的時候，是人力取代騾馬
他們脫下衣物，裸身
露出肩頸，或歪斜的頭

嘴巴吆喝，手不停歇
表情眾多，姿態各有不同

那種生動——
像被生活碾過
又彈跳起來

而盛妝的女人和輜重
只有一個表情
就是渡河

3.（第16次）船

如何召喚那船。我們
在斷崖，它在遠方

像不知道這世上有人
在尋找友伴

兩棵松樹，好客地展開手臂
它們喚過多少次——

風，雨水，太陽，山
大家也曾一起努力，喚過
那船

一隻，兩隻，三隻，四隻
船。每隻命運都相同

都直立在海上
方向明確，像不曾經歷過
驚濤駭浪

其實，它在向前行駛——
安靜得像沒有行動

——不會吐露，旅途的艱難
也不理會偶興的召喚

4.（第33次）三盲女

我們被教導旅途的艱難
三個人，手搭著肩，他們說我們是三盲女

但我們看得見
三弦琴的琴弦顫抖，因著旅途的新鮮滋味
——樹葉的香，土地的寥遠

雄壯的琴音，讓弱者開懷
瘖弱的琴音，讓邪惡更強大
但那是他們的命運

我們是旁觀者
看得見旅途

在三個弦中轉彎，共振，互相聲援的
這種曲折

我們不好宣揚
是誰
安排我們
出現在這旅途最曲折處
像是被派遣來做困難作業的使者

5.（第44次）石藥師寺

這個十九世紀的鄉村，有一種腐爛前的香甜

時當一八三二年，一個尋常的初冬日子
林木的枝葉，細細遮蓋了茅草的屋頂
屋子裡，必然有女人在忙碌
必然有孩童，被拘謹地教養

光線安靜，越過三座山脈
把松樹的濃蔭變黑
——黑，似乎是即將來臨的任務

田裡的農人堆好稻垛，趕在日落之前除草
小路上兩個人扛著行李，就要追上叉路口的那匹馬

馬上的旅人和兩個僕役，停在石藥師寺門前
心事重重，彷彿並未求得療癒的處方，準備左轉
進入前方蜿蜒的參宮道

他們將要看到黑暗如何，慢慢降落，馬蹄如何
輕輕觸及之後，又不斷落下

急於趕路的，並非黑暗——
其實我已明白
參拜神宮之後，他們將又攜帶信心，趕往
二十世紀

在黑暗運來戰場、工廠之前
我的畫筆覺察到了，並且
挽留住，這個十九世紀的鄉村

我這樣對付——
把草垛的香，留在這裡——

6.（第34次）橋上的人們

二十一世紀，整修中——
優雅，莊嚴，將被消除殆盡

他——這個工頭
從天庭下到人間
他在擘劃——

要把木橋變為高速公路

變為摩天大樓，購物中心
土丘變為兵工廠

今天，他眺望——不，是追悼
橋上的人們
正在進行的承平歲月

其中一人，是取經返程的唐僧
——這位師父，準備回到二十世紀
寧靜的小城，草萊深處的家屋

天晴時，他曝曬經典
他豢養白馬，設想有一天
把京都的圖書館充實

——這座木橋，即將消失
他看到那罅縫，正在鬆開

他的唐僧師父，有一腳就快要
陷入那空洞

還好，只是鞋底的灰塵
掉落在即將行過的船篷上
而無人察覺

——那凡塵，在時代中紛紛揚揚

只是，他知道
他的唐僧師父
活不過今天了——

8.（第30次）致歌川廣重

五座山系，八座山峰，平沙，木橋
這是他經過的旅途

小舟一條——兩個篷頂，一個好人
從遠處駛來，即將穿過
前面的雜樹林——三棵老樹，枝椏
槎枒，另外五棵小樹，穿插兩旁
旅途迢遠。

這一岸，岩石遍佈。有胸脯、手臂
無數肉體橫陳，準備有所作為
但樹葉，尚未誕生

他路過此地，快速寫生。他說
我要讓樹發芽，讓好人返鄉，讓胸脯
遠大，讓水勢一瀉千里

在我小小的硯池

選自二〇一九年九月《歪仔歪詩刊》

陳育虹（一九五二——）

評傳

陳育虹（一九五二—），畢業於文藻英文系。著有《關於詩》、《其實，海》等詩集七本及日記體散文《二〇一〇陳育虹》；譯有詩集紀伯特《烈火》、葛綠珂《野鳶尾》、愛特伍《吞火》、達菲《癡迷》。二〇〇四年以《索隱》獲臺灣詩選年度詩獎。二〇〇七年以《魅》獲中國文藝協會文藝獎章。二〇一一年於日本思潮社出版日譯詩集《我告訴過你》，譯者佐藤普美子。二〇一八年於法國Les éditionsCircé出版法譯詩集《*Je tel'ai déjà dit*》，譯者Marie Laureillard。二〇一五年出任北京人民大學駐校詩人。二〇一七年以《閃神》及《之間》獲聯合報文學大獎。

陳育虹的詩藝表現，主要在鎔鑄中西詩法所演練的微妙音韻，及多重指涉的意象系統。廣為傳誦的〈我告訴過你〉、〈中斷〉，刷新語言節奏的表現自不待言；超過百行的長詩〈只為那桃花梨花的盛會〉寫白蛇，〈廢墟下〉寫特洛伊戰爭的海倫，用音樂抒情的筆法駕馭、推進，格局龐大而造境迷人，更不簡單。

新世紀出版了五本詩集：《河流進你深層靜脈》（寶瓶，二〇〇二）、《索隱》（寶瓶，二〇〇四）、《魅》（寶瓶，二〇〇七）、《之間》（洪範，二〇一一）、《閃神》（洪範，二〇一六），在成熟的詩人群中，創作能量絕對前茅。

陳育虹一貫善於表現一種無以名之的物象與物象、念頭與念頭、語詞與語詞之間的關係變化，詩中有一似有若無的「你」，一個聽者，或者竟是聽她自己細訴的另一個自己。其所思所感，由一個意象跳躍到另一個意象，彷彿莫名所以跑出來的東西，簡潔而令人驚奇，充滿一種生命活力。

〈片面〉呈現書寫而又槓掉的現象，隱喻時間的殞滅、記憶的消失帶來的變化。〈古老的神話〉藉西方神話原型，增添思索層次、閱讀趣味，表達兩性慾望的糾葛及女性處境。

有一些女性詩人的詩，只有個人的時間而無時代，陳育虹不然，世紀的災難如九二一地震、日本海嘯、海地震災、敘利亞戰爭、世貿恐攻……無不納入她的心思萬花筒、感官實驗室，留下紀錄。楊牧稱讚陳育虹對詩的創作「投入了平生的敏感和激情」，其詩篇的成立如「纖纖躡足，別無雜響」。（陳義芝）

我告訴過你

我告訴過你我的額頭我的髮想你
因為雲在天上相互梳理我的頸我的耳垂想你
因為懸橋巷草橋弄的閑愁因為巴赫無伴奏靜靜滑進外城河
我的眼睛流浪的眼睛想你因為梧桐上的麻雀都飄落因為風的碎玻璃

因為日子與日子的牆我告訴你我渴睡的毛細孔想你
我的肋骨想你我月暈的雙臂變成紫藤開滿唐朝的花也在想你
我一定告訴過你我的唇因為一杯燙嘴的咖啡我的指尖因為走馬燈的
夜的困惑因為鋪著青羊絨的天空的捨不得

二〇〇五年

選自《魅》（寶瓶，二〇〇七）

地圖

我只記得險險的陡降坡（那白鷺鷥的河床）蛇目蝶獨自吸吮著夕陽（那漂流的水
筆仔）兩片雲在對流層等待溶化，被溶化

水筆仔傾身說著說著

（我只記得穿過仰德大道有雨聲街穿過雨聲是忠誠路是大度路你說之後關渡關渡
大橋在左那小小的渡口不要停一直走我等你）水筆仔說整座城
都是紅燈和雙黃線都是（險險的）三岔路和隱憂（我只記得我說，唉那麼）到了
渡口會不會只看到誰的背影（那麼更遠還有歸處嗎）
穿過紅樹林是外竿蓁林是清水街紅毛港（你說一直走我等你）我必須盡快（唉你
的聲音我最後的地圖）隔著橋夜晚就要走來我只想一直走

（我想和你一起）去看海

二〇〇七年

選自《之間》（洪範，二〇一一）

中斷

Parenthesis：括號，附加語，插曲，間歇，中斷

日子空
手空
眼前無人
屋子原是空（透天的
）心也空
夜裡山裡夢裡青蛙喊著過來過（來過來過來過
我說如果隔著只是唉隔著如果
只一疋藍綢布我們）翻騰的海
夜裡山裡夢裡

起霧跟誰說跟誰說這雷聲沉重
失重失色鉛灰的聲音
最遠可傳到哪裡這樣的（空
（的泛音）指涉
你在哪裡闇暝闇闇的雷聲
響著不可說不可說
）你在哪
（因為溫度濕度因為不隨意
起伏摩擦覺受的黑色
能量恆星燃燒爆（炸）崩潰
記憶濺了滿床過來過來過來啊空空的喊
重疊著）那樣伸縮收放連結重疊
你說一樣（一樣
拉起匆忙的夜油漆未乾
明天不來青蛙喊著過了過了過了過了
非揮發性這聲音昨夜雨（疏
風驟夜裡山裡夢裡
夢有一千隻手挑動一千種山的夜的是你）的手

櫻花十四行

在）哪

這粉裙的吉普賽女郎這驚笑這雲鬢繚亂這櫻花
櫻花迷路在京都四月過於喧囂的哲學
之道這藍天這河這花一時一地這人
一時一地不說永恆這陽光
不是光是雄細胞雌細胞的激流這花
不是花是欲望
翾飛的俄頃是火的脫序美的杜撰是失去失去
這腳印由深漸淺漸恍惚漸漸
屬於四月等於四月這櫻花這豐熟的軀體童真的
靈魂大於四月

二〇〇八年

選自《之間》（洪範，二〇一一）

有人迷路
在櫻花的語尾變化
這春的傳道書這生死備忘
沙漏顛倒虛空這春的托盤粉屑的灰燼的靜

二〇〇九年

選自《之間》（洪範，二〇一一）

讓雨

讓月亮微汗
讓蟋蟀嗓音壓低像書頁掀動
讓液體落在液體
讓牆讓禁地讓凝固的
裂縫自行遷移讓填補
讓一隻筆寂寞讓落葉的塗鴉
星塵爆讓記憶

讓刪節細節細節細節流線的敘述冰涼
柔滑的讓氾濫讓觸鬚
讓七弦琴飛讓夜的波紋
讓石階讓門讓沉睡的讓召喚
一朵山茶不可能的天堂
你的臉不可能的鑰匙
讓窗子敲打讓藍調
讓燭光讓顫抖沒有保留

二〇一一年
選自《之間》（洪範，二〇一一）

古老的神話（節錄）

·那是一個九月

那是一個九月早晨，我在森林裡採野蕈。
你向我走來，你的額頭長著樹枝。我避開，你逼近。

錯亂中我竄進蘆葦叢，你伸手撲前，但抓到的不是我，是一把長短不齊的蘆葦。我變成了蘆葦。

你對著我嘆氣，嘆息聲穿過我空洞的身體，聽起來竟像音樂。

・當月亮第四次

當月亮第四次長出犄角，烏雲忽然往下墜，一片片覆蓋溪流、裸麥田和屋子。空氣愈來愈重。

先是地鼠、貓、狗和老鷹臥倒路邊；然後是雞鴨牛羊成群哀叫著，皮膚不見一根毛髮；鹿與馬在樹下，像枯樹枝，不動；野豬土狼鬼魂般在屍塊間游移。

然後是我。我們。黑暗中你的身體是我唯一的世界。

・熱旋風

熱旋風，七日七夜暴雨，隨之的大洪水以及漫無止境的漂流。

水退了，白鴿與烏鴉引我們來到橄欖樹的山頭。眼前的世界沒有草木蟲鳥，只有石塊，大大小小的石塊石塊石塊。

堅硬，脆弱，深刻的被丟棄的失落感。荒野裡我們走走停停，蹲下，撿幾顆石塊，往身後丟，那些石塊是我們的腳印。

腳印和我們的影子結合，萌了芽，長出一些孩子。

‧有時候

有時候你上半身是貓頭鷹、獅子、海豚、刺蝟，下半身是人。
有時候你上半身是人，下半身是牛、馬、野豬、錦蟒。
你還在轉變中。
這是你始終讓我著迷的原因。

‧蜂蜜，乳汁與羔羊

蜂蜜，乳汁與羔羊的血在赤銅鍋爐裡沸騰，浮起泡沫。
我依序放下曼陀蘿花，柏樹根，七顆種子，琥珀，海沙，滿月時積存的白霜，鳴角鴞羽毛，烏鴉的卵巢，狼的心與肺，公鹿的肝臟，水蛇光鮮的皮，以及其他千百種你無需知道的素材。
用乾枯的橄欖枝，我攪拌這一鍋流質。看啊，攪動中，橄欖枝竟生出綠葉；汩汩液體溢出鍋爐，漫延，蔓延成一片罌粟田。
拿去吧。這是我最後能給你的，不死的瓊漿。

選自《閃神》（洪範，二〇一六）

片面

——東勢火車站（一九五九—一九九一）

剩下
還有四張候車椅
實心木的，修長的
手臂圍成一方
在大廳，因日久磨蹭
因沉甸甸的等候而平滑

剩下也放在大廳的
還有老月臺石灰白的柱子
離軌道多遠呢？火車
必然是無法靠站了
打了結的軌道
鐵軌生鏽，木椿龜裂

封鎖的維修廠
太多零件無法修補
有誰還記得修澤蘭嗎

軌道運輸著逐漸消失的
森林，流放的節拍斷續續斷
那是一九九一，九月一日
火車忐忑晃動
從八仙山出發，最後十四公里
豐原朴口石岡梅子
最後一個班次
進站，靠站，停駛
誰還記得那最後的汽笛聲嗎

這整件事或許可以這樣
比方雖嫌老舊：火車
是我，一條軌道
是我的一生，火車停駛

軌道必然湮沒草叢
車站，我的家，必然廢棄

時空可以重建
軌道可以重建嗎
我走在軌道上，轟隆隆
這是我想像的晃動火車停了
該下車了
這裡是東勢客家文化園區

注：東勢火車站於一九五九年一月十二日啟用，一九九一年九月一日廢站；其建築師修澤蘭（一九二五—二〇一六）有「臺灣第一女建築師」之譽，代表作包括陽明山中山樓。

原載二〇一六年十月十一日《自由時報・副刊》

霞光・英吉利灣

i.

大退潮
冰河藍的早晨
潮浪裡巴赫還在
鷗鷺還在
漂流木還在
貝殼鑲邊的海
還在——事實是

這海
是海鷗的
他們沉思，散步，覓食，談天
（他們的語言

並不比波蘭語難懂）
他們踩著我的影子
不介意我靠近

在這裡我不孤單
海不離開
岩石不離開
（一樣的海
不一樣的浪花……）
遠處的鞦韆還在
一切都熟悉

咖啡屋還在
我沒有進去
我必須更忐忑些

ii.

但這海
仍然是所有人的
有人推著獨木舟
有人推嬰兒車
一些老去的拖著步子
一步步，一些人與狗奔跑

一隻沙鷗，就這麼
一隻，瘦伶伶
也飛快奔跑——
整個一生，碧許說
她活得像隻沙鷗
在不同的國與洲的邊界
奔跑，尋找些什麼……

天空由藍轉紅

有人在沙灘留下
名字，留下漂流木和貝殼
築起的海沙屋
留下情歌與吻
下一陣浪會捲走
這一切——那麼

就讓我傳給你一些海浪
的聲音，一些海鷗
（他們知道
我要說什麼）傳一些
霞光，仍然燦爛

原載二〇一九年十一月十一日《聯合報・副刊》

渡也（一九五三—）

評傳

渡也（陳啟佑，一九五三—），臺灣嘉義市人，中國文學博士。曾任國立彰化師大國文系、所專任教授。曾獲聯合報極短篇小說獎、中國時報敘事詩獎、中央日報百萬徵文新詩首獎、中興文藝獎章等獎項。著有《歷山手記》、《永遠的蝴蝶》、《地球洗澡》、《唐代山水小品文研究》、《渡也論新詩》、《新詩補給站》、《新詩新探索》等散文集、詩集、論文集共三十一種著作。新詩〈竹〉曾選入教育部編國中國文課本、翰林版國中國文課本，散文〈吃桑葉的哲人〉曾選入康軒版國中國文課本。目前小說〈永遠的蝴蝶〉選入新加坡中學華文課本、新詩〈石滬〉選入翰林版國中國文課本。

愛憎分明是渡也的個性，卻多情又有俠氣，如他的童詩〈南山大俠〉一樣，誰有難則為誰打抱不平。很早他就拋棄優雅的語言，改用輕鬆、幽默、反諷、譏刺的口語及戲劇化手法、機智跳脫的想像，介入民間藝術、歷史文物、社會政治和地方風土等各種題材，使得他幾乎無所不能寫，詩風輕鬆、易親近。新世紀則出版《手套與愛》（漢藝色研，二〇〇一）、《攻玉山》（彰化縣文化局，二〇〇六）、《澎湖的夢都張開翅膀》（澎湖縣文化局，二〇〇九）、《渡也集》（臺灣文學館，二〇一〇）、《太陽吊單槓》（彰化縣文化局，二〇一一）、《諸羅記》

（嘉義市政府文化局，二〇一五）等詩集六部。

他曾說：「人心太小，有所限，所以才將國與國分界。如果心胸無限，豈有國界？」就是這個血脈認同的情結讓他童幼受傷累累並糾葛了他一生，也成了他創作的最大動源。因此「他的詩文即是他性格的展現，縱跳古今、橫衝當代」、「不少詩友也會認為他自大、狂傲，卻不明白，這狂狷不羈的背後卻有著唐吉訶德式的悲劇基因和時代背景」（白靈），而到最後能讓渡也獲得如與母合一感的慰藉，是對祖父原鄉澎湖的土地認同，二〇〇九年他出版了詩集《澎湖的夢都張開翅膀》，大肆宣揚凡寸土寸水無不美好，等於宣告了自己的回歸和安穩感。晚近奉獻心力於出生地嘉義，出版《諸羅記》，邀請各方人士前往參訪。所有人為的、被規訓設定的界線全然不重要了，也不必避諱使用母親慣用的日語，「心胸無限，豈有國界？」他的詩就是他人生的驗證。

（白靈）

一顆子彈貫穿襯衫

——紀念二二八罹難畫家陳澄波先生

一九四七年三月
一顆子彈突然貫穿襯衫
貫穿你的身體
貫穿嘉義

貫穿臺灣美術史
啊，美噴出血來

你的一生被子彈強行帶走
而那件襯衫至今仍活著
彈孔，也活著
如果那彈孔是一顆眼睛
它已看透一切

如果那彈孔是一張嘴
所有仇恨都由它訴說？
不！它從未喊痛從未說話
五十多年了
襯衫從未說
一句怨言

一九四七年最寒冷的三月
彈孔流出鮮血
襯衫流出鮮血
夢，流出鮮血流出淚
如今已不再流
早已不再流了

襯衫早已洗得
清清白白
像你一樣
像陳家子子孫孫一樣

那彈孔就是句點
所有血的故事的句點
（世界不要再流血了）
二〇〇〇年
從那彈孔望過去
啊，臺灣蔚藍的天空
一望無際

阿里山北門驛

車廂好小，鐵軌好小
蒸汽車頭好小
而旅客的心很大
夢很大
兩千六百多公尺高

原載二〇〇〇年十二月六日《聯合報・副刊》

小火車載著一大堆嘴巴
去給山產吃
載著一大堆眼睛
去給風景看
載著一大堆腳
去給阿里山爬
（不載仇恨上山）

數十年來
載著きれい、beautiful
漂亮、靚、水
載著各國各族群上山
去讓神木驚訝
去讓日出讚嘆

原載二〇〇一年八月三十日《臺灣日報·臺灣副刊》

澎湖之一

澎湖是用魚、水和風做成
澎湖人都是魚
都是水
都是風

澎湖人都發動引擎
澎湖魚都發動引擎
水的引擎
澎湖的夢都張開翅膀
夢的翅膀

因為澎湖的海
是魚的機場
而天空

是夢降落的地方

原載二〇〇四年五月五日《中國時報・人間副刊》

最後我成為大海

我潛入水中，海一把抓住我。

億萬年長壽的大海和四十八歲的我，在故鄉澎湖相遇、對話，交換彼此的心情。海一點也不老，皮膚依然光鮮，身體依然健壯，依然燃燒著熱情。有時我仰泳，看到藍天白雲俯下身來和我打招呼，和海敘舊。有時調皮的海會和我嬉戲，互相推擠，我輕拍海的軀體，按摩它沁涼柔滑的皮膚，大海也善意回應，親切撫摸我的一生，然後我潛入更深的海底，和章魚、石斑、龍蝦、河豚相遇。沒有任何一隻魚要準備上課教材、寫論文、創作、演講。那些世俗的苦惱全留在遠遠的陸上。漸漸地，我感覺四肢似乎消失了，嘴邊長了鰓，背上生出鰭。哇，我變成魚。四十八年來所學的、所寫的、所做的，全部消失了。我變成四十八年前初生的我。然後我又變成一滴水。比四十八年前更早時，我應該是一滴水吧。妻和兒子還在吉貝沙灘等我，當然不知道我竟在二〇〇一年夏天，在故鄉海底，變成魚、變成水。

最後我成為大海。

母さん，您過得好嗎？

「母さん，您過得好嗎？」

母親，離開後的這十三年
您好嗎？

我知道
漫漫長長八十三年
您都過得不好

走過日本到嘉義這條崎嶇的路
走過廣寧街、博愛路
走過六腳、民雄、嘉義市老吸街、北港路
血汗深深滲入每一寸

選自《澎湖的夢都張開了翅膀》（澎湖縣文化局，二〇〇九）

艱困無言的土地
這條路真是幾千萬里遠啊
最後，路走入骨灰罈
日本櫻花飄入骨灰罈

九十二年底
八十三歲的您搬家了
和那條漫長的路住進嘉雲寶塔
一生淒風苦雨
全都住進小小的骨灰罈裡
小小的塔位裡

頭痛牙疼白內障心臟病
肺結核糖尿病胃纖維化
也都住在罈子裡嗎

母親，您在罈子裡生活
輾轉難眠，回憶，並且想念

罈子外面的家人
每次來看您
罈子上那張照片中的您
一直注視著我
似乎都想對我說什麼
欲言，又止

十三年了
感覺您終於含淚開口了
用不標準的臺語說：
「阿佑
你過得好嗎？」

原載二〇一八年春季號《文學臺灣》一〇五期

玉的家

那天上午我們到林老師的家
和一大群玉會面
玉，等我們很久了
從明朝清朝等到現在

隱居在錦盒裡的玉
好久沒看見光了
有人，有光從高雄來關懷
玉很感動

明清的古玉
紛紛睜開清明的眼睛
透過放大鏡看
看現代的我們

一隻蜻蜓蹲在一塊玉的蓮花上
「喔，那是清廉……」
余師母解說
聲音溫潤
蜻蜓和蓮花終於懂了

我們看見從另一塊玉中
長出的佛手柑
「多福……」
說話的人成了玉

這時男主人打開窗戶
讓室內空間的心情更開朗
清風徐來
來探望玉
（剛才女主人泡的茶
也飄過來探望）

風如玉，茶湯如玉
眼光如玉
時光如玉
林老師的家
如玉

註：十一月十八日上午我和內人陪余光中教授夫人、鍾玲教授、余幼珊、余季珊，到嘉義林老師府上品茶、賞玉。

原載二〇一九年十二月十八日《人間福報・副刊》

陳義芝（一九五三——）

評傳

陳義芝（一九五三—）生於花蓮，成長於彰化。一九七二年開始文學創作，以詩及散文為主。臺灣師範大學國文學系畢業，香港新亞研究所碩士，高雄師範大學博士。曾參與創辦《後浪詩刊》、《詩人季刊》，擔任《聯合報》副刊主任（一九九七—二〇〇七）。先後於輔大、世新、清大、臺藝大、臺大等校兼任教職，現任臺灣師範大學國文研究所兼任教授。已出版詩集《新婚別》、《不能遺忘的遠方》、《不安的居住》、《我年輕的戀人》（聯合文學，二〇〇二）、《邊界》（九歌，二〇〇九）、《掩映》（爾雅，二〇一三）等八冊，及散文集《為了下一次的重逢》、《歌聲越過山丘》等。詩集有英、日、韓譯本。

陳義芝早期的作品，多觀照芸芸眾生和內心世界，詩境帶著命運無奈的苦澀。他的詩一向文字典雅，情感含蓄，音色低沉、飽滿，句與句之間總像有迴聲傳響。〈海濱荒地〉描繪在荒地耕耘的父親，敘事性強的抒情基調，充分節制情感。

詩集《不能遺忘的遠方》可視為陳義芝求新求變的出發點，他在自序說：「我已厭煩文縐縐苦行僧式的遲重表現，更厭惡故作詩語的膏藥把式。」從此詩風一變再變。他是掌握氣氛的高手，傳誦的情詩多苦戀情境，回憶般深刻，眠夢般縈繞；詩集《不安的居住》，憂鬱，徬徨，亟欲尋找出路。

這種筆觸擅於刻劃女體美，如〈海邊的信〉情慾因語言輕淡化而更漲溢。〈阿爾巴特街之夜〉有效轉換審美的感官系統：「她有雲雀歌聲般的身材」，「雪白的牙齒笑起來／像湖水」。

後來也有不少旅遊詩，和異國風情，多設色明亮、意象清楚。他善於策動大自然的景物，譜出纏綿的音樂。（焦桐）

阿爾巴特街之夜

她有雲雀歌聲般的身材
花色高領毛衣頂一頭金髮
藍晶的眼睛凝注蜜脂的臉頰
雪白的牙齒笑起來
像湖水

來自貝加爾湖的她在街頭當畫家
在阿爾巴特街的夜晚
一桿燈柱下
藍晶的眼裡飄著斜飛的雨絲
像無重的蒲公英絮追著街道的風

我走進她傘裡她請我坐下
我用她閃動的目光畫像

她用香蔥的手指勾勒一張瘦削的臉頰
疲憊的陌生人啊
在阿爾巴特街的夜裡

陌生的人逗留在陌生的城市
異國的眼神流轉在異國的街頭
恍惚間阿爾巴特街的畫像就泛了潮
無重的時間也因慌亂
一時走了樣

二〇〇〇年

選自《我年輕的戀人》（聯合文學，二〇〇二）

海濱荒地

又看見父親的鋤頭在田中起落
日頭已近午，他用力鋤地

母親從提籃端出一缽猶溫的稀飯
置放在一叢矮樹蔭下
約莫四十年前光景

旱地沿著防風林邊線
防風林沿著彎曲的海岸線
那時海有耀眼的陽光劇烈的風濤
不像眼前這一灘冷卻的油湯
那時父親戴著斗笠向日葵一樣
我們也日日戴著它

頂著風濤彷彿要挖出死者的骨骸
父親用力鋤地，而我們
是田中戲耍的稻草人
有時又變作麻雀
飛進陰鬱的防風林
風在林子裡迴旋小廟在更深處

煙雲在天邊飄飛蟬聲大作
我蹲在破陋的穀倉上頭
四處張望我的稻草人
浮起又落下的記憶在海濱
向日葵一樣的那頂斗笠在荒地
父親用鋤頭埋下汗水的塚

二〇〇〇年

選自《我年輕的戀人》（聯合文學，二〇〇二）

海邊的信

他的眼光望向遠方
日午的陽光一片片白花花在海上逃竄
游魚裸身跳躍著，收音機廣播
輕颱剛過另一中颱又已成形
海邊的小屋寂寞的假日

紗帘在落地窗前飄搖仕女的披肩長裙
頸線之下柔滑的臂膀以及
身體小腹的斜坡
風吹得人躁熱，眼皮都出汗了
大剌剌的陽光裡實在不該再有一團水光的女人

低下頭，他在筆記電腦的鍵盤上打一首詩
由一封封信串成的——
像裸足踩出深深淺淺的腳印在海灘
也像天風唱的蒼涼的歌
起伏在無盡的沙漠

稍稍偏移一下看海的角度他發現
午後的陽光還在風的小蠻腰刮削
海斜靠著風風斜靠著陽光陽光斜靠藍藍的天
整個世界變成一部傾斜之書
他的詩句全滑落到海裡了

他不知怎麼收拾剛寫的掉進海裡的詩
一股浪一封信連綿到遠方
一封信一股浪很快地又從天邊回傳至眼前
裝滿潮音的信裝滿寂寞沖刷不掉的字
海成了飛湧浪花的詩

他繼續寫未完的句子
在捲成一捲一捲潮浪的電子信箱
在終於從孔雀藍轉成普魯士藍的海岸
一位戴遮陽帽的仕女側轉身
露出美麗的額頭看不清卻似深不可測的
藍色眼睛，黃昏斜照一條光背的曲線

那瞬間他的詩也融入黃昏融入夜
潮浪伸出一千隻手回向岸上招
天與海慢慢在靠近，慢慢地天壓住海海壓住天
除了燈火翻譯的山之外再沒有別的什麼了

除了勞倫斯詠嘆的蛇之外再沒有別的什麼了
想必是觀音……蛇游進他看不見的詩裡了

二〇〇四年

選自《邊界》（九歌，二〇〇九）

秋天的故事

我錯過我愛的女人，在秋天……

金色陽光斜照她一雙漂亮的手
我驚覺秋天樹杈的迷離，光下滑
斜照她修長的腿

我像光，水一樣又長又斜的光
穿越她纖巧的足踝，優美的肩胛線
她走動的裙風裡再沒有其他

許多錯過就真錯過……

錯過去想一張並不怎麼妝扮的臉
錯過去想究竟我們談過什麼
或許只是汗毛的呼吸，秋光濛濛的記憶

其實什麼話都沒說……

她沒給我的東西還真不少
譬如唇的溫度，乳房的大小
真實的骨架，還有

最最要命的是
她從不給我講一句話的時間
不給我面對面看一分鐘的時間

她消失在秋天，我們戀愛很久
又分手很久……

寫給牡蠣的情書

清涼玉白的裸體
窩在石灰殼裡
潮水狂野洶湧在左
野狗追逐天邊一條赭紅的蛇
召喚暮色與夜色

窩在同一艘船裡
我們或坐或躺或斜靠瘋狂的話語
飄忽，撞擊轟轟的雷
摩擦，拍打船艙的雨
潮水狂野洶湧在右
野狗喔嗚喔嗚——夾起尾巴望月

二〇〇六年

選自《邊界》（九歌，二〇〇九）

濕滑的蛇盤踞了夜盤踞在心底

無人停靠的峽灣
當黑暗與憂鬱交頸
月亮也脫光了衣服
流星拋擲一顆顆種籽給大海
大海摘下一朵朵鳶尾給月光
潮水漫溢過堤岸而我注視著山丘
潮水漫溢過堤岸而你呼喊著天空

我們窩在一起，當同一具馬達運轉
野狗嘶吠洪荒含磷的洞穴
我還想等一千年不管
現在是果子以後變不變酒
現在是赤裸以後變不變謎
現在是豐熟的胸脯以後作誰的保母
現在是貞潔的枷鎖以後是誰的夜鶯

有人選擇藤壺有人迷離的霧
潮水終究決堤
清涼玉白的裸體啊
滑進喉頭深處
是歸宿

二〇一二年
選自《掩映》（爾雅，二〇一三）

子夜歌

盤旋復盤旋
在我床頭夜霧中
以一雙凝視著我的眼
微張著要說不說話的兩片唇
為何不睡？我問霧中的你
夜已很深很深，為何

還穿著黑色外出服
佇立在這裡卻不來我夢裡

沒有肌膚的溫度但我感覺鼻息
沒有溫存的氣息但我感覺肌膚
十分靠近那瞬間
你換穿了絲絨睡衣像明月

換穿了明月像天空
與飄飛的冰雪歡憐
以一具鴿子的身體貼近我心房
一句傳音入密的眼神鑽進我脊骨

長髮是今夜的風啊
吹個不停，終於你說，睡吧
你是來自藐姑射之山的
一縷窈窕的煙

原載二〇一九年十月二十九日《聯合報・副刊》

陳家帶（一九五四——）

評傳

陳家帶（一九五四—），生於臺灣基隆，國立政治大學新聞系畢業。曾任聯合晚報編輯中心主任、臺大新聞研究所講師，現為文山社區大學講師、慈心華德福高中藝文教師。一九七五年和詩友黃維君、施至隆、張力、游喚、單德興等人發起成立長廊詩社。四十五歲前出版詩集《夜奔》、《雨落在全世界的屋頂》、《城市的靈魂》；新世紀創作不輟，出版詩集有《人工夜鶯》（書林，二〇一一）、《聖稜線》（印刻，二〇一五）、《火山口的音樂》（二〇二〇）三種。並有音樂散文發表，編有戴洪軒音樂文集《狂人之血》。曾獲臺北文學獎現代詩首獎、中國時報敘事詩獎、新聞編輯金鼎獎。

陳家帶作為記者出身，對所處環境和世界觀察入微、體會深切，對現代文明多所思索和記錄，比如早年代表作〈雨落在全世界的屋頂〉傳誦多時、具有「最高濕意」（鯨向海），靈感即源自其故鄉雨港基隆及時代反響。但他又愛抽身其外悠遊自在，因此熱中山水詩及茶詩創作，讚頌自然之美，寫下一系列臺灣地景詩，嘗試為現代山水立傳。還連結詩書畫棋舞，嘗試把古典音樂技法融入現代詩，媒合詩樂，以創作論創作，頻密和藝術家對話，同時表達生命哲思。

「他的作品保留田園牧歌式的風格，純然是種種人生寫照的獨白。他……從不壯言慷慨，也不刻意標榜超曠，但一種深美閎約，自然地流露出來。」（瘂弦）因此其作品若不以知性取勝、即以感性主導，余光中說他的詩可分「智取」與「情勝」兩大類，前者以巧妙，動人驚喜，後者投入主觀，形式單純貫串。不論何者他的詩文白兼行，不愛用「的」字和冗句、乃至跨行，比如入選的〈烏鴉的更正啟事〉二十行只用了五個「的」字，〈火山口的音樂〉三十六行只用了十個字，言簡意賅，意象精縮，具高度自我警醒能力。〈烏鴉的更正啟事〉一詩還同時互文了愛倫坡敘事詩一〇八行的〈渡鴉〉、史蒂文斯的〈看烏鶇的十三種方式〉，詩尾更顛覆了「天下烏鴉一般黑」的成語本義，智趣同出。而〈火山口的音樂〉雖用了較多「的」字，正是配合詩中音樂用詞的節奏感，與火山岩漿間歇噴湧並偶或停頓乃至短暫休止有關，展現了他詩樂並行互用的素養。（白靈）

最遠

——用楊喚韻〈我是忙碌的〉

為了蒸發四大皆空的遠方
噩夢　吃掉一整排
鬧鐘
取靜（我是忙碌的）

日日青鳥駕臨
玻璃帷幕後面的高天
鶯飛草長　連雲端也
張貼綠色標語（我是
忙碌的）因為檔期因為距離
眼耳鼻舌身意　只能捐給
好樣的臉書　好料的亞馬遜
日日南風吹出些河水

有一滴沒一滴地
流淌於意識底層

遠方的遠方
低低奏鳴著午後
傾斜、燙金的光線（我
是忙碌的）
為了把胸際項鍊
轉成微型法輪
去最遠的自己旅行
在世界荒蕪之前

為了掌握當下
給夕陽立個數位牌坊
（我是忙碌的）因為
i瘋i怕　光電交響
瞬間人被拋到外太空的

窟窿之中只好用無邊的
夜色來洗滌甜蜜的憂傷
我……我……（我是忙碌的）

為了為了
去最遠的自己
旅行

二〇一二年

選自《聖稜線》（印刻，二〇一五）

烏鴉的更正啟事

一隻烏鴉打神祕遠方飛來
讓我頓悟蒼茫為何物
炊煙惦惦　繼續伸它的懶腰

和焦慮症的天空有點格格不入
烏鴉翱翔的靈感明顯高於我
而我只能低頭揣摩玄鳥的象徵

塔樓鐘響　引來第二隻烏鴉
午後西行之日越描越黑

我眼見暮靄成局難再拆解
只好豎起白旗　向詩人愛倫坡

第三、四隻烏鴉接踵而至
牠們開始討論永生問題好像是

欲飛無翅　不走恐成猛禽禁臠
我手足無措　心神發慌

編號十三的烏鴉終於報到

現下　連逃逸的鐘聲都有千鈞重量
為了證明夜的博大精深
也為了粉碎流行久遠的迷信
我決定加入粉絲團按讚
因為天下烏鴉並不一般黑呀

選自《聖稜線》（印刻，二〇一五）　二〇一五年

火山口的音樂

我們踏著堰塞湖上倒影
攀抵地球火山歌劇院
頂層包廂

溫習那岩漿詠嘆調
曾經如何穿越
輝煌的耳目廳堂

橢圓形大坑曾經
如何引爆地心
一句句發自肺腑的臺詞

旌旗烈烈
風光揭開
深紅季節的透明布幕——
黑土褐石，是唯一本質
地下掩埋的古蹟
尚待考據為城鎮日常

冷卻後的白堊紀
甦醒中的

溫泉鄉

我們前來輕聲探詢
河流的身世
山巒的運命——

曾經啟迪文明曙色
管風琴奏鳴聖詠，而今天空
只留隱隱殘響……

有如一群恐龍
震盪大地之後
沉睡於眾弦俱啞的休止符

我們反覆挖掘
過門的間奏曲
膜拜神祕自然之子

彷彿造物曾經專程涖臨
遺下堆垛音樂密碼
不落言詮

我們繞行火山口
憑弔這演奏到一半——突然中斷的
行星交響樂團

原載二〇一八年十二月十八日《聯合報・副刊》

陳黎（一九五四—）

評傳

陳黎（陳膺文，一九五四—）臺灣師範大學英語系畢業。曾任中學、大學教師三十餘年。著有詩集、散文集、音樂評介集等二十餘種。譯有《辛波絲卡詩集》、《聶魯達詩精選集》、《拉丁美洲現代詩選》等三十餘種。曾獲國家文藝獎，吳三連文藝獎，時報文學獎敘事詩首獎、新詩首獎，聯合報文學獎新詩首獎，金鼎獎，臺灣文學獎新詩金典獎，梁實秋文學獎翻譯獎等。二〇〇五年獲選「臺灣當代十大詩人」，二〇一二年獲邀代表臺灣參加倫敦奧林匹克詩歌節。新世紀出版詩集有《小宇宙——現代俳句二〇〇首》（二魚文化，二〇〇六）、《輕／慢》（二魚文化，二〇〇九）、《我／城》（二魚文化，二〇一一）、《妖／冶》（二魚文化，二〇一二）、《朝／聖》（二魚文化，二〇一三）、《島／國》（印刻，二〇一四）、《打狗明信詩片》（印刻，二〇一五）、《獵像者》（香港中文大學，二〇一五）、《小宇宙&變奏》（九歌，二〇一六）。

陳黎堪稱文字的魔術師，詩作多變化，機智，風趣，善於在字句間戲耍；又產量驚人。讀他的詩，讀者不能偷懶，語法感覺不能僅僅被動地、消極地等待，而必須積極去參與文本。其機智即以戲仿為主要手段，經常表現為聲音雜交和文字雜交，拼貼和戲仿則是常用的手法。

例如他的舊作〈腹語課〉即是一種聽覺的戲耍，大膽的戲耍。這首詩是一堆同音字、破音字的排列組合，這些文字所組合成的詩句本身，可以使大家注意到文字的符號性質，將文字從意義上解放出來。它們不具詞意連接上的意義，也不具從頭到尾的順序意義；但是它們含有作者的用意（intention），這用意可以通過詩中夾註號內的註明文字來理解，第一節兩段詩末尾的夾註號都是「我是溫柔的……」，第二節是「而且善良……」，連起來成為「我是溫柔的……而且善良……」，形成較完整的語意。於是我們明白這是一首傳達情意的詩，說話者是一個正在學腹語術的人，也可能是一個口吃的人，兩句話都只各說出第一個字，並且說不清楚，乃發展出許多歧義，例如「我是溫柔的……」只發出「我」字的「ㄨ」韻，聽的人遂聽成「惡勿物務誤悟鎢塢……」；「而且善良……」只發出「而」字的「ㄦ」韻，聽的人遂聽成「惡餓俄鄂厄遏鍔扼……」

從字義上觀察，這一堆同音字、破音字幾乎沒有一個是含有正面意義的字，這些不懷好意的字一一背叛了說話者的善意，造成發出/接收的誤解和矛盾，這種善/惡的矛盾恰恰造成詩的張力。

從聲韻學的角度來看，詩中的文字皆是零聲母，皆是雙聲兼疊韻，其中有很多是入聲字，所謂「入聲短促急收藏」，這種出乎口腔氣流的姿態，代表的是發聲器官的表情，模擬的是人內心的情感；這種「啞音」的入聲，準確戲仿木訥、吞咽的性格，和抑鬱的氣氛。（焦桐）

迷蝶記

那女孩向我走來
像一隻蝴蝶。定定
她坐在講桌前第一個座位
頭上，一隻色彩鮮豔的
髮夾，彷彿蝶上之蝶

二十年來，在濱海的
這所國中，我見過多少
隻蝴蝶，以人形，以蝶形
挾青春，挾夢，翻
飛進我的教室？

噢，羅麗塔

秋日午前，陽光
正暖，一隻燦黃的
粉蝶，穿窗而入，迴旋於
分心的老師與專注於課
業的十三歲的她之間

她忽然起身，逃避那
剪刀般閃閃振動的色彩
與形象，一隻懼怕蝴蝶的
蝴蝶：啊她為蝶所
驚，我因美困惑

二〇〇一年

慢城

山很慢
風很慢

雲柔軟操很慢
啄木鳥打字很慢
麵包從麵包樹上掉下來很慢
海抽用面紙很快

火車很慢
報紙很慢
銀行搶劫歹徒拔槍很慢
政黨輪替很慢
百貨公司開門很慢
阿卿嫂洗澡沒關窗消息傳播很快

下午很慢
光很慢
哲學家吃豆花很慢
雪連線很慢
夢賞味期限到達很慢
快樂分類回收很快

五妃墓・一六八三

我們躺在這裡，五個人，五張嘴
透過歷史，你們聽到的卻是一個
聲音，被男性之手調配的聲音
你們先聽到我們所侍的寧靖王
說：「孤不德顛沛海外，冀保餘年
以見先帝先王於地下，今大事已去
孤死有日，汝輩幼艾，可自計也」
他雄偉，聲弘，善書翰，喜佩劍
卻沉潛寡言，勇敢無驕。二十七歲
他父祖的帝國崩潰，隨福王魯王
唐王桂王一路南下，換領帝號
如車號，由廈門而金門，四十七歲
來到這新名為東寧的島國臺灣

二〇〇八年

我們隨他在竹滬拓墾荒地數十甲
採菊，撫髯東籬下，悠然見波浪
的確是安寧的鄉土。而他說他不做
降清的順臣，六十六歲他要殉國：
「我之死期已到，汝輩或為尼或
適人，聽自便！」然後是我們五口
同聲：「王既能全節，妾等寧甘
失身，王生俱生，王死俱死，請先
賜尺帛，死隨王所。」我們相繼
自縊於中堂。據說次日他懸樑
昇神前，先將我們葬於魁斗山後
燒毀田契，把土地全數還給佃戶
我很想說我不想死（你們猜這是
誰的聲音，袁氏，王氏，秀姑
梅姐，或荷姐？）我很想伸手
攔一截未盡燃的田契，在這裡繼續
種田蒔花，直到老樹垂蔭，芳草
碧綠，或者，為了讓後來的你們

仍保有一個五妃里，一條五妃街
並且在夏天，逛過五妃廟後和
喜歡的人一起牽手到附近街上
吃杏仁豆腐冰，我願意一死——
但讓我在賜給我的帛上寫「我怕」
我怕墓上的碑銘讓你們以為
「從死」是唯一的美德，我怕
你們覺得庭院裡搖曳的都必須是
忠孝節義的樹影，倫理的微風
我們躺在這裡，不封不樹，我們是
後來城市後來體育場後來街道後來
車聲人聲的一部分，而一個聲音
提醒你們我們是複數，也是單數

註：五妃墓，在今臺南市五妃里五妃街，為明永曆三十七年（清康熙二十二年，西元一六八三年）隨殉國之寧靖王（朱術桂）自縊的其五姬妾之墓，原為不封不樹之墓，至乾隆年間始立墓碑曰「明寧靖王從死五妃墓」，並在墓前建廟，後多次重修。

香客

你沒有依約到來
只派遣一陣風，在黃昏
把似乎是你潤髮精的
氣味吹來。我分辨不出
是什麼品牌。或者根本
不是潤髮精，而是你的
香水味，從頸部，腋下
臍上，或胸間……
天逐漸黑了。我立在
教堂牆壁清水板面前
多希望自己是某個祕密
教派的信徒，而你是
聖者，藉暗香傳教

二〇一〇年

花蓮

以浪，以浪，以海
以嘿吼嗨，以厚厚亮亮的
厚海與黑潮，後花園後海洋的
白浪好浪，後浪，後山厚山厚土
厚望與遠望，以遠遠的眺望
以呼吸，以笑，以浪，以笑浪
以喜極而泣的淚海，以海的海報
晴空特報，以浪……

二〇一三年

註：阿美族語Widang（朋友），有人音譯為「以浪」。阿美族人歌舞時常發出虛詞的「嘿吼嗨」、「後海洋」之音。白浪、好浪，音似閩南語「壞人、好人」，臺灣原住民每稱漢人為「白浪」。

二〇一四年

晚課兩題

1 翻譯課

美的罪過是永恆的
玩具：我有罪，我
背錯單字，我記錯
年齡，分不清濟慈
葉慈，現在式過去式
我為了雅，為了美
為了達我所欲達
而背信，毀義
我把稍縱即逝的飛霞
誤譯為樹蔭下的磐石
我粗心因為驚心，我
大意因為不敢大義滅親

除三害，除至親的自己
我弄錯詞性，把握不住
迷逃或蜜桃的本質
我咬了一口又一口桃
偷了它的香，吃了它的
色，始終沒有把味道
翻出來。我重修翻譯：
美的罪過是永恆的
成人玩具——

A sin of beauty is
a toy for adults forever.

2 自修課

自己做自己的，不要
吵到別人

不要吵到
幫仲夏織聽覺的窗簾的瀑布
不要吵到午後水邊偷情的
兩隻蜻蜓

不要吵到
苦思改蛙泳為蝶泳的青蛙

不要吵到
靜靜準備自學能力鑑定的自行車
準備插班考的迷雁的航班
準備跳級入禪學研究所的蟬和芭蕉

自己修自己的俳風
不要吵到晚風

註：詩人濟慈（John Keats）有詩句“A thing of beauty is a joy forever.”

二〇一五年

詹澈（一九五四——）

評傳

詹澈（詹朝立，一九五四—）生於臺灣彰化，童年時因八七水災遷居臺灣東部，畢業於屏東農專，現任新北市。一九七九年《春風》雜誌發行人，《夏潮》雜誌編輯，刊物均被禁，亦曾任《草根》、《詩潮》等詩刊編輯。長期從事農業推廣與產銷工作，曾任臺灣藝文作家協會理事長。一九八八年參與農民運動，擔任農民聯盟副主席。二〇〇二年「一一二三與農共生」大遊行中擔任十萬農民總指揮，曾任行政院雲嘉南服務中心副執行長。詩作曾獲臺灣第二屆洪建全兒童詩獎、第五屆陳秀喜詩獎、一九九七年臺灣年度詩獎。

一九九八年詹澈已出版詩集《土地請站起來說話》、《手的歷史》、《海岸燈火》、《西瓜寮詩輯》，無不與土地與弱勢族群有關。而他詩藝的突破躍升，應自一九九四年發表的〈翡翠西瓜〉算起，接著一九九六年他的「分水嶺詩集」《西瓜寮詩集》獲陳秀喜詩獎，一九九七年又以〈勇士舞〉一詩獲年度詩獎，編委會有八位詩人為此詩寫了簡評，說他的詩「根據實情而創造出的意象非常貼切，既形似又神似」（向明）、「就地取材，形象生動，節奏明朗，語言樸素而自然」（余光中）、「不禁對原創性如此強盛的生命力，發出讚嘆，同時也要對詩人的樸質而且精緻的語言加以讚賞」（陳義芝）、「顯現了泥土的真，詩情的真」、「長期與原住民共同生活，寫原住民的生活，介乎隔與不隔之間，隔的是族性，不隔的是人性，如何以人性去打破族性，詹澈以完全介入生活的方式去打破，更深而探求另一族群的精神內涵，是我們可以期待的『真』的詩人。」（蕭蕭），這些評語點出了詹澈詩的特色。

新世紀他更是爆發力強勁，陸續出版了《海浪和河流的隊伍》（二魚文化，二〇〇三）、《小蘭嶼和小藍鯨》（九歌，二〇〇四）、《綠島外獄書（一）》（秀威，二〇〇七）、《餘燼再生——綠島外獄書（二）》（秀威，二〇〇八）、《下棋與下田》（人間，二〇一二、華品文創，二〇一六）、《詹澈截句》（秀威，二〇一八）、《發酵》（秀威，二〇一八）等。多少農工漁民、與陷於城鄉矛盾交錯的中下階層「忠誠而徒勞」地度過一生，詹澈深切地明白他們的苦痛，因為他曾是他們的一員，他不能不為他們發聲，但其土地的野性卻可放可收，能純樸地與天地自然對話，誠為現代詩人群中極珍貴的少數。

在《下棋與下田》詩集中他曾以三十幾首詩的篇幅試驗著所謂「五五詩體」（每首五段，每段五行），到《發酵》更集其大成，入選本集的詩作即此中力作。此形式的特色是能「節制自身奔放激盪的詩想，期許用較簡潔的詩體納容豐沛的經歷、運轉奔突的想像。」、「好像田地可以無限大，但棋盤總在有限的範疇內，詹澈尋求的或正是舉鋤與舉棋之法，『下田』與『下棋』如何平衡互補之道吧！」（白靈），透過此種詩的形式試驗，他將一生經歷，不論與土地廝磨、中下階層百姓生活、或城鄉差異的細節經驗，均能裁剪得宜地納入，甚值後起者重視。（**白靈**）

聽見盲者奏手風琴

在立志以文化為自己顯影發聲的大都市
馬路巷弄交織的蛛網下面
地鐵捷運三個出口的交匯處，他無從選擇
爭得自己的一席位子，在適當的高度
他坐的穩定，背景是卡門與雲門舞劇宣傳佈景

他雙手緩緩張開，逐漸遮住背後的布幕
兩邊的樓梯與電動梯也向外張開
路上成排的路樹都想要走進來
聲音慢慢張開來，我向後退了一下
彷彿海浪鼓起來，貝殼張開扇面

風帆張開，浪潮條條而來
我看見張開至兩極的地殼裡面

層層的岩漿與礦脈，煤層與黃金
從他想要拉開自己的胸膛裡面
從一排排肋骨下面，有肺葉和風箱

那聲音從他雙手之間拉了出來，又合回去時
他低首，把盲瞳翻白又閉上
回到母親懷抱他時
與他自己懷抱嬰兒時的記憶裡
一時寂靜，手風琴已如收斂翅膀的天鵝

再緩緩張開羽翼，從孔雀張尾而鳳凰比翼
手風琴在他手中，猶如懷抱江山大海
海浪皺褶推擠成綿延的山脈
從我的故鄉一直奏過來，那首「望春風」民謠
到他的故鄉時，是一首「補破網」

原載二〇一一年一月十一日《聯合報・副刊》
選自《下棋與下田》（人間，二〇一二、華品文創，二〇一六）

觀盲農耕田

——農民陳國明因過勞而失明二十年
七十歲高齡還能扛鋤頭躬耕於農田

「我種過的，我都記得位置」他說
那些種籽，都記得他的腳印
那些星粒在暗夜都記得自己的位置和
體溫，他記得那些規律與方向
例如地球的軌道與太陽

回到人類最初勞動的姿勢，他彎腰摸索
回到黑夜的荒原，他也能四季如春
每天，踏出第一步時，開門
陽光就斜過來觸摸他的皮膚，毛細孔
散發出稻穗穀粒成熟時汁吱插嘎的味道

赤腳，善於分辨泥土與塵埃
在水稻與蔬菜間拔除稗草與牛筋草
田埂是看不見又漫長的跑道，或巷弄
他已熟悉，從嬰兒學步而能進退自如
拐杖，在石粒與河岸間點擊火花，那些

字句，那些從腳印裡吐芽的種籽
比我的筆更真實有聲，他又聽見水稻茫花了
路上，扛著鋤頭的肩膀，那個重量
從清晨的迷霧裡走出曙光
他扛著土地的價值，卻彷彿要走向陌路——

稻草人，白鷺鷥和夕陽，傾聽水聲
從他身邊流出一個水紋與問號，流向天際
他踏過馬路與田埂的界線，聞到童年的炊煙
穿越生與死的柵欄，以他的身影
向黑暗證明「我種過的，我都記得位置」

原載二〇一一年十月十二日《聯合報・副刊》

扛起天井

不知什麼時候，村裡的最後一口井已不見了
祖父過身三年後，茹素的祖母也跟著去了
大概是在那個秋天以後不久
稻穗飽肚又勾頭，竹筍苦口的時候
送葬的隊伍從村頭轉了出去——

父親出走那天，我懵懂的童年聽到
祖父賭氣的說；我就不相信你能扛起一口井
那句話父親接著向我已逝的大哥說至他車禍那天
村裡的人早已忘了那口井的存在了
自來水嘩啦啦的流著如電視劇與流行歌

我和父親在很長很長的一段生活裡

選自《下棋與下田》（人間，二〇一二、華品文創，二〇一六）

沒有聽過要扛起一口井與天井之間的事
我們在堤防邊工寮和溪邊西瓜寮之間
過著一種半工半農半讀半流浪的日子
沒有想到什麼是天井什麼是天庭

有時坐在溪邊仰望夜空，天庭的天井
鑲滿珍珠與鑽石的簷篆
那是無法丈量的豪宅與地界
如今父親也過身好幾年了，好像還在
路上，我聽見有人問我有關天井與天庭的事情

我篤定的說；我父親曾經扛起一口井
用走的走過中央山脈，雨一直跟著走過去
而我能扛起一棟大樓的天井，和一個天庭
當夜深了，我的筆還像父親的鋤頭一樣
像挖著一口井一樣的挖著靈魂的出口

原載二〇一二年二月九日《聯合報・副刊》
選自《發酵》（秀威，二〇一八）

吊絲蟲

父親在噴農藥之前，有一個習慣的儀式，是儀式
他在菜園邊抽煙，用打火機咖嚓一聲，像要點香
然後轉過頭對我說；什麼鳥仔，吃什麼蟲
什麼人，吃什麼飯，你要知影，知嗎？
菜蟲菜腳死，做牛拖犁拖到死，他說著

蹲下去背起手搖噴藥桶，像背一個背包
這是他今天的行程，一步一手搖，上下有規律
吊絲蟲們躲在未結球的高麗菜的葉背
藥霧還沒噴到風先到，牠們就吊下絲線
趁著風勢在風中像盪鞦韆一樣飛起來，藥味瀰漫
等父親走過，牠們又順著風勢盪下來，躲過一劫
我們農民，就是在跟草與蟲爭食，所以父親要我

緊跟著在他後面，等牠們盪回來時再噴一次農藥
我跟著一步一手搖，搖晃在水霧毒氣泛起的彩虹中
父親走著……父親早已走了，我還站在田邊聽見

打火機咖嚓一聲以後，嘶嘶滋滋的噴藥聲
吊絲蟲們還在大量繁殖，五天一輪迴
父親的墳上也飛來毛蟲化身的蝴蝶，像他不死的夢
美麗的蝴蝶，不要到菜園裡產卵
那裡是一個殺戮戰場，人與大自然

對抗到何時？生產者與消費者，消費者與被消費者
剝削者與被剝削者，在人與人的生態裡
什麼人，吃什麼飯，像背一個背包的旅行者
我走到了中年，一步一手搖，還要寫詩寫下去
菜蟲菜腳死（啊，業力）父親說；寫什麼詩，也一樣

原載二〇一七年六月二十七日《聯合報・副刊》
選自《發酵》（秀威，二〇一八）

翻捲雌雄

——看見一對老鷹一面往下翻飛一面抓緊著交配

孤獨的男人啊，站在孤峰頂上，如一棵松
這世界最先讓你看見一隻老鷹，孤傲的
在自己的山頭上盤旋，看見你的童年
像一隻小雞離群啄食蠕蟲
漸行漸遠，不知前面的懸崖與天空的鷹眼

那時，你的母親迅速追過來抱住你，在懸崖前
那隻母雞皆眼振翅撲向俯衝下來的老鷹
母愛與饑餓，在一條線上相撞
老鷹鬆爪迅速升上天空，一支羽毛飄下
母雞在地上一個翻滾，立刻站起來，勝利的咯咯呼叫

孤獨的老鷹啊，被雙重饑餓騷擾著

像風箏高高盤旋在陀螺一樣的山峰上
驀然，遠方一聲長笛似的呼嘯，從雲層沖下來
天地間被閃電一樣的亮了起來
兩個黑點在空中迅速靠近，粘合

兩隻老鷹糾結在一起，你以為是雙雄拼搏
然而首尾迅速緊緊咬交，在天空停頓片刻，停止呼吸
就不畏生死，團結成一朵盛開的花
往下墜落，重力加速度，一團影子
不是往下墜落地獄，牠們很有自信與自知

在接近地面的霎那，放開，放開彼此
以雙線染色體似的弧度再往上盤旋
天地那麼大，卻被牠們攪動，回到混沌
未明，陰陽未分又開，天地間，多少男女
多少英雄美人，很快不見了，曾經酷似那樣翻捲雌雄

原載二〇一七年四月十九日《聯合報・副刊》
選自《發酵》（秀威，二〇一八）

發酵

父親曾經帶著我到處尋找垃圾，彷彿兩個拾荒者
不是垃圾，是雜草、牧草、廢紙、稻草、落葉
還有牛糞、雞糞、羊糞，它們也算是垃圾
在城鄉與貧富之間，誰給垃圾下準確的定義呢？
如果我們將它轉化為有用的堆肥

父親教我如何用圓鍬與鐵叉翻動半熟的堆肥
一層草一層牛糞，一層粗糠一層雞糞，像九層糕
有時滲雜雞骨頭與廚餘，以前，更早
沒有抽水馬桶與化糞池，挑灑人糞尿是最好的
臭味一層一層的掀開來，隨著水蒸氣往上騰

越往下翻，顏色就越黑，越油，越肥
這，必須經過發酵，他一面翻動一面嚼檳榔

久不聞其臭，彷彿聞著香氣，像是吃臭豆腐
發酵，像食物在胃裡消化，各種微生物
像麵粉揉成麵團蒸成饅頭，白米蒸成紅發粿

像我悶蹲著拉屎，發呆，構思或醞釀
發酵這首詩的過程；聽廚房燉的佛跳牆滾爛
如爛透的種籽裡發出新芽，眼睛看不見
但它在進行，像一夜長一寸的西瓜，或胎兒
膨脹的夜色與夜氣，瘦骨的雨林清晨散發出蓬鬆的霧

而父親早已去世，骨灰還是不忍，不敢
撒在樹下成為堆肥，像成堆的落葉與枯草
化作春泥再護花。而幾千年來，戰場上
多少屍體都已是地下的肥料與石油，而文明的我們
再活的新鮮亮麗，又如何能遠離戰爭，與垃圾

原載二〇一八年三月九日《聯合報・副刊》

選自《發酵》（秀威，二〇一八）

羅智成（一九五五——）

評傳

羅智成（一九五五—），出生於臺北，國立臺灣大學哲學系畢業，美國威斯康辛大學麥迪遜分校東亞語文研究所博士班肄業，曾任《中國時報》人間副刊編輯、《中時晚報》副刊主任、臺北市政府新聞處長、香港光華新聞文化中心主任、中央通訊社長等職。

羅智成擁有文學創作者少有的知性能量與思維訓練，其作品以精緻的自省與洞察力，從容出入於自我意識的邊陲與核心。當讀者猶陶醉於他《黑色鑲金》那等抒情的清澈深邃，詩人已大步邁入交融文化理想、人格典型的《諸子之書》時代；當讀者正驚訝他所謂的「故事雲」究竟為何物？他已跨越文類邊界，嘗試將更多生活知識、藝術內容、虛擬元素揉合在一個文學勝境中，挑戰讀者對詩的體式認知與接受。

二十一世紀羅智成出版的詩集有：《夢中書房》（聯合文學，二〇〇二）、《夢中情人》（印刻，二〇〇四）、《夢中邊陲》（印刻，二〇〇七）、《地球之島》（聯合文學，二〇一〇）、《透明鳥》（聯合文學，二〇一二）、《諸子之書》（聯合文學，二〇一三）、《迷宮書店》（聯經，二〇一六）、《問津：時間之流》（聯合文學，二〇一九）。

《諸子之書》頌詠的人物，包含儒墨道法不同思想家，亦有詩人、武將、小說與神話人物，各種人格類型莫非詩人寄身言志的典型象徵，所合成的世界則為詩人追慕的文化情境。其中詩性與哲學的匯通，抒情與敘事的交融，理想與現實的再思索，使這些詩篇負載了許多啟蒙訊息，充滿跨時空共鳴的回音。《問津》演繹桃花源這一人類生存的課題，具有時代隱喻，其特色在詩體的精神解放與創造手法的自由揮灑；其中與古典互文改造，大量融入對話的書寫，都豐富了這部作品的表意層次。

本詩選無法選收他的長篇詩作，改選《夢中邊陲》、《地球之島》中灌注年輕氣息，既有文明視野又有感官情思的詩作。（陳義芝）

我

是的吾愛，在第一行之後
我就必須現身了
帶著「我」在古典時代的謙虛、隱遁
和此刻的急切、張揚
來向妳展現躲在「我」後面的我
在文字上可以被杜撰的
豐盛可能
以及它所暗示的
在現實上無須兌現的
豐盛可能

當然「我」仍將謹守文學內外的
真誠與矯飾
那是妳專心閱讀的基礎

也是和第一人稱若即若離的我
在愛戀與創作中
和「我」之間的
默契與承諾

但是「我」似乎不以為意
他繼續握著妳的手
以輕吐出來的甜言蜜語
彈奏著妳的睫毛
用精巧串連的
動人詞彙
陳述並承諾著
我即使在文學作品裏
也無法做到的事
我只有適時中斷此刻的書寫
深深吻住妳
讓「我」窒息

選自《夢中邊陲》（印刻，二〇〇七）

妳

「妳」永遠是最靠近我的
只要我有話想說
「妳」總是第一個知道
或第一個不知道
正如此刻
一個被濕冷的寒流所宵禁的夜晚
一張被疲憊盤據的電腦桌前
我尚未啟齒
而妳
已經在句中守望
不管知道或不知道
不論我要讓妳知道或不知道
我總知道

妳總會
以妳所含糊象徵的
近處或遠處的幸福
注視著最憂鬱的那一行詩句
以妳的美麗與寂靜
梳理著我中年的感傷

雖然妳一直懷疑
文中的「妳」不全是妳
即使重點的描述符合
憑著女性的直覺
妳相信隱隱然有一些「妳」
並不是指妳

但，正如此刻
我所極力傾訴
極力杜撰的
不一直都是妳嗎

只要妳
持續那無可比擬的
美麗與憂傷
持續在詩中聆聽
又持續在詩外讀我
妳永遠都是妳啊

選自《夢中邊陲》（印刻，二〇〇七）

北迴鐵路搖籃曲

在安穩的節奏下
我安穩地沉睡著
因為我相信這列火車
將會往南一直開下去

左邊一直是藍得滿滿的大海

和不斷變換的沉降海岸
右邊是一個又一個小站
那些稍縱即逝的面孔
將留給下一班車帶走

我安穩地沉睡著
相信這列火車
將會往南一直開下去
一輩子又一輩子
左邊是藍得滿滿的大海
右邊是一個又一個小站

大海沒有盡頭
鐵軌沒有盡頭
我們的旅途
我們的牽掛
也沒有盡頭

我從沒想過我們的終點
因為我相信這列火車
將會一直往南開下去
左邊是平行的朝陽
右邊是平行的月亮

我安穩地沉睡著
從沒想過要醒來
因為到那時候
我怕妳會對我說：
到站了！
我怕妳會說：
再見！

原載二〇一九年十二月四日《聯合報・副刊》

月曆

之【四月】

四月
新的時間正在滋生
新的願望與憂愁
正被飽滿的春意催發出來
暖暖的陽光射入肌膚
就如照入驚蟄的土壤
整個島嶼隱隱發癢

蜜蜂穿梭
在荔枝與龍眼花間
鼓動著酥麻的風
酩酊著快節奏的暈眩

生物性的蒙昧歡愉
把這些小小生命的發條
上得緊緊的
甜美的情緒四處彈射
騷動著空氣

但是清明的雨
淋濕我們登山的腳印
洋溢在花粉與花香之間
性感的傳遞
便被澆熄了

我們已遠離和亡靈共處的時代
生活是文明唯一的主題
雖然對逝者負疚於心
我們抵制著死亡
有意無意的提醒

我們的肉體
矯飾以自戀　壯碩　美麗
刻意將未來的腐朽　遮掩
在此刻相互珍惜的
纏綿悱惻裡

雨裡的油桐花
像遲到的雪
降落在錯誤的島上
我們快速經過它們繽紛的花影
竟有一絲錯過慶典的遺憾

這次，我往南
往被繁忙的漁船和
晶藍的波濤煮沸了的漁港

我離開酣睡的被窩
妳以裸背向我

不肯起床
妳還在夢中嗎？
還是妳已經醒來
我卻在夢中漸漸離開？

選自《地球之島》（聯合文學，二〇一〇）

月曆

之【七月】

七月　颱風在遠方盤桓
有感或無感地震在腳下搖晃
所有個別　可辨識的記憶
被炫目的陽光　全數曝光
所有個別　昂揚的雄性體腔
被摩擦為一整片
無法分割的
蟬鳴的海洋

我們的思想危如累卵
反芻著背德　背叛與
物競天擇的勾當
我們的肉體出汗
自棄　慵懶
反芻著無饜官能的宴饗

黏膩的濕氣把高溫
封存在島上每一吋空氣裡
我的毛細孔必須藉由
妳的毛細孔呼吸

黏膩的濕氣把部落的體味
封存在獵巫的集體亢奮
與腥羶的思緒
與膚淺的文明裡
不離開他們

我無法呼吸
「的確
炎熱正填補或
正消融著我們和一切的距離」
妳帶著剛被冷氣
冷卻過的薄薄體溫
重新靠了上來

蜻蜓停在鐵鏽的渦紋上
人們談論石油　談論通貨膨脹
資訊在熱島效應中
失控失真地運轉
但是城市紋風不動
像繁複龐然的日晷
專注著比人類文明
更長遠的活動

「來！再靠近我
靠近我
你就遠離他們了」
妳帶著剛被距離
冷卻過的薄薄體溫
重新靠了上來

但我無能為力
我正在一顆
飽含著融岩　矽礦　瀝青與
碳氫化合物的行星上
穿行過一段夏天

我必須善用
內心的黑夜
抵抗
遠方耀目的核融

選自《地球之島》（聯合文學，二〇一〇）

地球之島（節選）

【時光】

當我回到地球　人類已離開許久
森林已收復了城市　鷗鳥還在河口逗留
無數棄置的錶心像貝殼遍佈沙灘
有的積著海水　有的還不停走動

【對象】

當我回到地球　文明已經打烊
除了還沒耗盡的燈火　夜晚已交還給月亮
雨林樹海的傘蓋下　一萬座城市已被安葬
夜行動物繁殖著更多窺視　在沒有崇高觀點的殿堂

【聲音】

當我回到地球　妳和他們都已遠離
我在無人的巨大球型島嶼獨行
聆聽這佔用太多空間的孤寂
空曠的宇宙像高八度的耳鳴

【滿月】

我們久已不在沙灘生殖或產卵
但是滿月依然教我們小腹發脹
鯨魚和浮游生物水乳交融著和善的獵食
至今我們體內仍遺傳著最初的海洋

【裸體】

最美滿的肉體，是被擁抱，被海水擁抱的裸體吧？
水溫是你唯一的衣縷
孤獨是你唯一的被褥
死亡是這麼的，這麼的平淡無奇

【春雨】

冬天在霪雨中結束
就像一座冰山在空中溶解
每一片閃閃發光的綠葉潮濕而冰涼
每一具林中走動的裸體自若而安祥

選自《地球之島》（聯合文學，二〇一〇）

向陽（一九五五——）

評傳

向陽（林淇瀁，一九五五—），南投鹿谷人，政治大學新聞博士。曾任自立報系總編輯、總主筆、副社長，臺灣文學學會理事長。現任國立臺北教育大學臺灣文化研究所教授、吳三連獎基金會祕書長。

曾獲國家文藝獎、吳濁流新詩獎、美國愛荷華大學榮譽作家、玉山文學獎文學貢獻獎、臺灣文學獎新詩金典獎、金曲獎傳藝類最佳作詞人獎、教育部「推展本土語言傑出貢獻獎」。

著有詩集《銀杏的仰望》、《種籽》、《土地的歌》（臺語）、《歲月》、《十行集》、《四季》、《心事》、《亂》、《向陽詩選》、《向陽臺語詩選》；童詩集《我的夢夢見我在夢中作夢》、《鏡內底的囝仔》（臺語）、《春天的短歌》；另有譯詩集《My Cares》（陶忘機等英譯）、《The Four Seasons》（陶忘機英譯）、《Grass Roots》（陶忘機英譯）、《乱：向陽詩集》（三木直大日譯）等。

向陽的詩帶著強烈的社會意識和臺灣意識，政治性相當清楚，也賦予其詩藝一定的歷史縱深。諸如〈嘉義街外〉控訴暴政，〈在砂卡礑溪〉為原住民發聲，〈被恐懼佔領的城堡〉寫SARS期間的社會惶惑。向陽年輕時即戮力創作方言詩，委實是臺灣閩南語詩的先行者，吾人讀他，不可忽略他在這領域的貢獻和成就。

政治詩的研究，可以視為一種反對詩學（oppositional poetics），和文化形成共振結構，都自懷疑的思索出發。反對所有歧異的文化，以及被邊緣化了的文化，試圖超越階級、種族和性別的界障。

方言詩的寫作是一種政治策略，很自然帶著一種政治性格，企圖顛覆官方話語型式的箝控，顛覆國家機器長期貶抑、壓制方言的政策。

基本上這是一種異質的發聲，而非同質的呼應，是一種去殖民化（decolonisation）的過程，在語言的混血中，檢視主流、典範論述，這種顛覆性乃是後殖民論述的普遍特質。（焦桐）

嘉義街外
——寫給陳澄波

你倒下來時天都暗了
日正當中的嘉義驛前
嘉義人張著的驚嚇的眼睛
和你一樣憤怒地睜視
這暗無天日的青天

彷彿還在眼前，一九二六年
你用彩筆描繪的嘉義街外
受到殖民帝國的垂青
一九三三年你勾勒出來的中央噴水池
溫暖的陽光灑過金黃的土地
你的雙眼如此柔和，愛情
隨著油彩一筆一筆吻遍了嘉義

那時你一定也和嘉義人一樣
期待著殖民帝國的崩解
期待著海峽彼岸陌生的祖國
你畫布上的嘉義
還湧動噴水池的泉聲
熱切向著畫框外呼叫自由與溫馨

一九四七年，彷彿也還在眼前
你與祖國相遇，在和平鴿盤據的警察局
你得到的獎賞，是祖國熾烈的熱吻
與粗鐵線一起，綑綁你回歸祖國的身軀
沿著你從小熟悉的中山路來到嘉義驛前
面對青天，祖國用一顆子彈獎賞你的胸膛

這暗無天日的青天
和你一樣憤怒地睜視
嘉義人張著的驚嚇的眼睛

日正當中的嘉義驛前
你倒下來時天都暗了

陳澄波（一八九五—一九四七），嘉義人，臺灣傑出畫家，一九二六年以畫作「嘉義街外」入選日本第七屆「帝國美展」，成為臺灣首位以西畫入選官展的畫家，從此揚名臺灣畫壇，他的畫作多以嘉義為題材，洋溢出日治時期臺灣素民生活與風土的純樸溫暖色調。

一九四七年二二八事件爆發後，陳澄波以嘉義市參議員身分被推為六名和談代表之一，竟為軍方逮捕，而於三月二十五日上午遭軍方以粗鐵線綑綁身軀，遊街示眾之後，在嘉義火車站前槍斃，家屬猶不獲准收屍，曝身街頭，蚊蠅不去。其後運回家中屍身遺照，現仍存世。陳氏仰躺草蓆之上，子彈貫胸而過，鮮血飛濺，雙目圓睜。

一生執著美、善與和平的畫家，最後用他的鮮血畫下了臺灣與祖國相遇的悲哀。

二〇〇〇年一月十七日臺北

原載二〇〇〇年二月二十八日《中國時報・人間副刊》

在砂卡礑溪

彷彿可以聽見野鹿奔走
在砂卡礑溪最最媚柔的淺灣
從百千年前太魯閣族的部落傳來
吆喝與椿杵共同搗出的天空
到此際還晴藍如昔

彷彿也是水的聲音，急急切切
跟隨紅嘴黑鵯在山黃麻枝頭
呼喚整座山谷
片麻岩兀自沉思，靜寂肅穆
於眾木咬耳竊語中
推敲心事

還有山風，駐足於此

傾聽歷史偷偷寫入岩石褶皺的嘆息
太魯閣社祭典的鼓聲
漢人開山、日軍征伐的槍聲砲聲
逐一走進玄黑曲折的大理石紋
目送砂卡礑溪往前急奔
野鹿野鹿，不復哀鳴
但使兩山之間飛奔的瀑布
為亂蹄亡走留下見證

到此際，宛然歷歷在目
色澤與曲線交響而奏的水聲
一路爬上太魯閣峽谷的兩壁巨石
在砂卡礑溪擱淺千年的灣靠
循水聲，依稀可以看見野鹿覓食

二〇〇〇年十一月十三日

原載二〇〇〇年十一月二十日《聯合報・副刊》

被恐懼佔領的城堡

1.

有一天我們會記起這座被恐懼佔領的城堡
提著驚惶吊著害怕的眼光逡尋迷途的口罩
再低沉再抑壓的咳嗽都很快引發警笛鳴噪
耳溫槍額溫槍紅外線掃過隱藏的魑魅山魈
在我們的體膚上在我們被恐懼控制的城堡
黃色警戒線絕決隔離掉熟識與陌生的容貌
像風中的殘荷雨中的敗蕊像大海上的驚濤
我們覓尋一切阻絕風雨的可能襲擊與侵擾
連同彼此相親的體溫以及鄰人待援的哀嚎
在被恐懼統治的城堡我們與孤獨一起死掉

2.

禁

彷彿一起捆縛的鉛字

我們與孤獨一起死掉在被恐懼統治的城堡
恐懼莫名的怪病莫名的死別和不測的惡耗
恐懼缺水缺雨成旱恐懼颱風帶來洪患水澇
恐懼核廢恐懼地震恐懼明天醒來天地變貌
恐懼一切烏有在恐懼中我們測量體溫心跳
測不出煩憂生老病死的種種苦悶種種叫囂
量不到圍繞悲歡離合的諸多無奈諸多焦躁
我們在被恐懼控制的城堡陪孤獨一起煎熬
等待親友的一絲微笑企盼愛人的一個擁抱
有一天我們會記起這座被恐懼佔領的城堡

二〇〇三年六月三日・南松山

原載二〇〇三年六月四日《自由時報・副刊》

我們曾經被緊緊捆縛
在不准思想的框架之內
舌頭和言語
一併遭到捆縛
且不可
逃離天地之間

彷彿左右監看的眼睛
我們曾經被嚴密監看
在不能行動的牢房之中
神情和姿勢
一併遭到監看
且不許
跨越雷池一步

我們因此學會自我檢查
檢視無聲的字
擦拭其上殘餘的血淚

查看無情的眼
迴避其下陰狠的爪牙
在被禁錮的年代
白即黑黑即白

二〇〇七年十二月・南松山
二〇〇八年一月一日「報禁解除二十週年特展」

南方孤鳥

——寫予屈原

汝企佇兩千三百年前的江邊
江中水湧攪吵汝不平的心
一路行來，上高山過溪埔
離開所愛的故鄉佮國都
一路行去，是茫霧的前途
宛然孤鳥，有樹無岫

汝的悲哀仝款無地安搭
擽頭看，蒼天渺茫
越頭望，烏雲重疊
憂加愁，是汝的姓汝的名
孤加單，是汝的運汝的命
汝是一隻孤鳥，喝咻到梢聲

汝行過兩千三百年前的江邊
面色青恂恂，目神綴風咧吹
天風冷冷冷，共汝寒到呿呿嗽
江水濁濁濁，魚仔蝦仔看攏無
汝毋願綴時行，參人彈仝調
汝無愛講白賊，啉酒練痟話
燕仔佇廟堂蹔過來蹔過去
鴟鴞的翅展開就是規片天
掠魚人問汝哪會落魄到這款地步
無言。滄浪之水若清，會當洗我的衫
無語。滄浪之水若濁，會當洗我的跤

汝是南方的孤鳥，有厝煞無路

南方的孤鳥，汝剖腹愛國家
佇戰國年代，秦國併吞的詭計進前
有話敢講，講楚國獨立的必要
忠直進言，言百姓生活的苦楚
汝是咬住木蘭花蕊的露水
早時講煞，暗時官位就被挽去
汝是無情風雨掃落塗跤的菊花
清氣身軀，予人蹈踏到烏趖趖
汝是南方上蓋寂寞的孤鳥
夜深的時，汝的怨嘆敢有人聽見
是愛佮鴟鴞佇天頂比翅雙飛
抑是欲佮雞仔佇籠仔內爭食

南方的孤鳥，汝終其尾飛入文學史
飛誠懸，汝的離騷是詩國上媠的花蕊
飛真遠，兩千外冬後我猶咧讀汝的詩

汝用楚國的話寫參中原無相仝的詩篇
寫巫靈、寫天國、寫幽都，寫出一部楚辭
汝坐踮飛龍駛的象牙車
提彩虹做七色旗，一路奏九歌
飛向西天，飛去彭咸住的居所
天風冷吱吱，國無人莫我知兮
江水白鑠鑠，又何懷乎故都
兩千三百冬後的暗暝
我佇離汝誠遠的臺灣重讀汝的詩

原載二〇一六年五月三十一日《自由時報・副刊》
選入《二〇一六年臺灣現代詩選》（春暉，二〇一七）

鳥鼠歌

鳥鼠鳥鼠請你毋通偷食我的米
我的米著愛予厝內大細通好過日子

我已經奉待你遮爾仔濟年
讓你吃香讓你喝辣還讓你過年過節穿新衣
喝起喝倒，你毋通共我的米嘛攏食食去

米是我的命，米是我的錢
是我日也做暝也做千辛萬苦掙來的
所得稅房屋稅地價稅牌照稅還有孩子的補習費
這也著交彼也著納我已經賰無幾仙錢
呼天搶地，請你毋通共我規碗攏捀去

你若欲規碗攏捀去，有後門可以開有紅包可以拿
判生判死，會當食銅會當食鐵，若無嘛猶有arumi[1]
我是呼天不應叫地不靈，橐袋仔破一空
我是有路無厝，食菸仔放銃子
哀爸叫母，你著好心腸啊留予我一屑仔米

鳥鼠鳥鼠，你著好心啊留一屑仔米
予我有飯通食有路通行有小確幸可以回憶

會當做一寡仔歹命人愛做的a-sa-puh-luh[2]的代誌
可以閒來放空可以老來手邊還有丁點餘裕
跪天拜地，請你莫擱偷食我的米，愛咬布袋據在你

註：明體唸臺語，楷體唸華語。
註1：Arumi：外來語，鋁（Aluminium）。
註2：a-sa-puh-luh：臺語「阿沙不魯」，粗俗、不入流。

原載二〇一七年七月二十三日《自由時報・副刊》
選入《二〇一七年臺灣現代詩選》（春暉，二〇一八）

焦 桐（一九五六——）

評 傳

焦桐（葉振富，一九五六—），「二魚文化」出版公司、《飲食》雜誌創辦人，曾習戲劇和電影，編、導過話劇於臺北公演。早年出版的詩集《蕨草》、《咆哮都市》、《失眠曲》，收入為《焦桐詩集：一九八〇—一九九三》（二魚文化，二〇〇九）。新世紀印行《青春標本》（二魚文化，二〇〇三），刷新《完全壯陽食譜》（時報文化，一九九九；二魚文化，二〇〇四），他自言因為出版詩集《完全壯陽食譜》而被認為是美食家，就此「誤入歧途」，鑽研飲食文化成痴，創辦《飲食》雜誌、編選年度《飲食文選》，耕耘飲食文學二十載，著有散文集《在世界的邊緣》、《暴食江湖》、《滇味到龍岡》、《味道福爾摩莎》、《蔬果歲時記》，最新作品《為小情人做早餐》（二魚文化，二〇二〇），皇皇巨著，厚達六八五頁，是焦桐一生中親情與飲食文學的新高峰。另有童話、論述等三十餘種。策畫編輯年度飲食文選、年度詩選、年度小說選、年度散文選及各種主題文選五十餘種。焦桐長期擔任文學傳播工作，現為中央大學中文系教授。

世紀之交，看來也是焦桐詩人與饕客身分的交接點。《完全壯陽食譜》初版於一九九九年，是用食譜的形式所刻意經營的一本現代詩，有意在食譜與詩譜之間混淆界線，模糊譜系，詩作以食物為隱喻系統，戲仿各種政治、文化話語，特別聚焦在生殖崇拜和兩性關係上，頗有媚俗、惑眾之嫌，但也成功創造話題，牽引讀者視野，從「食、色」的本性遷移到「文字」的琢磨，「世局」的關注，當然也影響了新世紀焦桐的文化視矚與文化事業。本詩選所選的三首詩，〈一葉蘭頌〉、〈文旦頌〉、〈柿子頌〉，雖非全然是「食物」之頌，但絕對是詠「物」之作，焦桐的詩作焦點，從上世紀的事件、人物、戲劇的規模，轉為對食材、對物的注目。而且，〈一葉蘭頌〉、〈文旦頌〉、〈柿子頌〉的順序，彷彿也是逐步放棄了青春之花「戀情的刺青」，而成就可以食用的中年之果，即使是「走味的後中年」。尤其是後兩首，仍然秉持《完全壯陽食譜》的「食、色」本性：「你的體香支配我的呼吸」、「胴體誓言般柔軟」。

新世紀開展出來的《青春標本》，是一部光陰的照相簿，成長的浮世繪，世間的深情書，本詩選選錄的另三首詩，延續此一書寫系統：〈夢回客家庄〉是對妻子娘家的深情回憶，〈景美溪堤岸〉、〈霸凌〉則是對亡妻的深情繫念，這三首詩都是對家的無限牽掛，如果以最新散文書《為小情人做早餐》對照來看，學戲劇出身的描繪之筆，對食物敏感的細膩之心，都在焦桐的詩文中完整裎露。（蕭蕭）

文旦頌

蓼岸風多橘柚香，江邊一望楚天長。
——宋・孫光憲

我想像是那直來直往的日光激情了整個夏天
輕撫到皮膚變了顏色，我想像
是專注的露水擁抱每一夜
豐滿柔嫩的身體，
不懼怕風雨來謠言。

我總是嚴冬時就開始預約
秋天的身影。今天
街頭巧遇，渴望
聽見你的消息如

遲疑多情的花訊，長鑴
心頭的那句話，等待
你的體香支配我的呼吸——

等待如宿命，又酸又苦又漫長，
實在不堪再等下去了，
綠葉在風中眷戀著香花，不堪
夏日太熾烈的狂吻；
椿象和果蠅在夕陽中留下
一些記憶的齧痕。
難以保存的青春期，等到
風韻更成熟，比秋月
溫柔，比深夜更深沈的
懊悔，皮膚也失去了光滑和彈性？

等待的故事是
時間的陷阱，
越老越甜蜜的嘆息，

很快就過了走味的後中年
甜美中透露出微苦，
壓抑的手勢變成了告別的身姿。

原載二〇一二年十月三日《自由時報・副刊》

柿子頌

風霜變顏色，雨露如膏油。
——宋・孔平仲

突然激動了起來，九降風
在風的故鄉一路喧嚷，從山頭抄農場小徑狂奔打聽
睽違的音訊，撞得稻穗
哀哀叫，將空氣鍍金，點燃
滿城曖昧的街燈；撫摸你全身
潮紅如吻。我想借用九降風的嗓子
來坦白，反覆呼叫著名字，

用雨露的指尖疼惜
你私密的風霜，
皮膚下的脈動。

如果坦白太澀太硬，我還要借用
秋陽，封存體溫封存
無端掀起的熱度。和你青澀時
相對，往事歷歷的青澀；
和你的紅顏相對，叫裸裎的肌膚
每天日光浴。曝曬陳舊的言辭，
曝曬成熟的氣息，熾熱的
深呼吸，叫滿山施放
甜蜜洶湧的煙火，誓言般
重逢，胴體誓言般柔軟。

原載二〇一三年一月十七日《中國報報・人間副刊》

景美溪堤岸

這是我們家樓下的運動休閒公園，
我們常在這裡騎單車，蹓狗；
這是黃昏時我們談心的步道，
順著溪流能一直走到淡海。

我們跨過小橋，橋下有石頭像船，
我們揚起舌頭的帆，邊走
邊規畫家庭旅行，未來的
湖泊。海洋。遊艇。美食。不可及的雪山。

我們面對著溪流練平甩功，起風時
我們坐在橋下聊一些往事，天空陰霾
欲雨——

天空落了一夜雨，溪水
往事般暴漲，作勢要
漫過恐懼的堤防，溢過
我刻意美化過的場景。

哀愁如夜幕，無邊無際
住進我的身體裡，
睡意又黑又深，
像感性的景美溪，日夜
唱著恍惚的輓歌。
歌聲眼淚般潮濕，淹沒
草地，籃球場，腳踏車道……

暴雨停歇，溪水不再
神經質，走過的路留下一層
記憶的淤泥。

我繼續低頭走路，認真

不去想一起規畫過的
家庭旅行，不去
溪流中尋找你臉孔。破碎的
月光諾言般閃來閃去——

我的路途還剩下影子：
道南橋的影子，
教堂的影子，
運動公園的燈影。
我好像一直看見你背影……

原載二〇一三年五月二日《中國時報・人間副刊》

一葉蘭頌

經過那次大地震，我們之間
到處是崩崖，斷稜。抽象的
情節已嚴重坍塌，裸露

亂糟糟的廢輪胎，現實的
鋼筋，秋草般的亂髮
依戀著薄霜。

山風帶我夢回眠月線——
一葉櫻。吉野櫻。八重櫻。大島櫻。千島櫻。高砂櫻。豆櫻。牡丹櫻。鬱金櫻。
普賢象櫻。東錦櫻……
山風撩撥垂老的山櫻那樣努力撩撥
春天，帶我夢回眠月線。尋你的路
是如此陡峭，濕滑，落石紛紛
落在慌亂的鐵軌，通往你的
棧道，鐵道上的巨石蓄積了厚苔，一束束
光穿透樹隙在苔蘚上牽著
影子。中海拔的調色盤——

雲霧如言詞停不住翻湧，曙光
透露暮色，我想走的路
出現大斷崖。落石

如猜疑紛紛警告
封鎖我們預約的
隧道。攀繩索
上升，攀繩索
下降，箭竹林裡撩撥穿行
不對稱的地形。忽然又升起了迷霧——

薄霜的輪廓。春天的調色盤
重繪你的姿態，追尋你越過忐忑的
隧道。野性的深呼吸，言詞抽芽如
球莖，不對稱的孤葉懷抱
紫花，戀情的刺青，
寧靜如體香。

原載二〇一三年五月八日《聯合報・副刊》

夢回客家庄

陪你回中壢，牽手再走
彎來彎去的鄉村路，溝渠如霧
擁抱著魚塭，稻田，紅磚農舍。
陪我散步任教的校園，
百花川如煙，偎著
圖書館，教室，松樹，湖光，
日光的裙角閃過草場，
歲月的柔焦鏡。

陪我圓桌板凳吃飯，喝茶，閒談團圓
和美的客家鹹湯圓，飽滿著
雞高湯，香菇，油蔥酥，深情般
纏綿的韻味，綿密

指揮呼吸。回憶
糯黏如剛出蒸籠的菜包——
我聞到桔醬溫柔了
歧異，那酸楚藏匿
玻璃罐，被甜蜜反覆愛撫，
好像靈魂裡奏起了音樂——

好像薑絲炒大腸，薑辛
脂香和瘋狂的嗆酸一起熱烈
交纏，百年的回味。像
密封在瓶子裡的福菜激動
欲訴，親愛的語言，
親切的召喚。像一起捶搗
粢粑，凝聚力的隱喻，又
年華般易老……
梅干菜年華般逐漸
熟成，一生都珍惜著
流離復遷徙，

無法翻譯的集體滋味。

陪你回到客家庄，曬穀埕
陽光擁吻蘿蔔乾，克勤
克儉的緞帶和勳章。在尋常的大地
醞釀不尋常的氣味，儲存
共度的夏日時

原載二〇一五年六月五日《中國時報・人間副刊》

霸凌

全世界都在霸凌
戰爭霸凌難民
鑽牙機霸凌口腔
摩托車霸凌人行道
鞭炮喇叭聲霸凌耳膜
黑心食品霸凌全家人的腸胃

每天好幾次考試霸凌學童的心智
菲律賓軍警霸凌臺灣漁民
家鄉的水井霸凌流亡者
刺繩碎玻璃霸凌圍牆
炮火飛彈霸凌天空
政客霸凌納稅人
皺紋霸凌紅顏
命運是握緊的拳頭
霸凌窮人的臉頰

宇宙萬物胡不霸凌
黑洞霸凌星球
沙塵暴霸凌呼吸道
土石流霸凌風雨家園
碎裂的烏雲霸凌圓滿的月光
颱風霸凌親植的百合花
獵槍霸凌返鄉的候鳥
福壽螺霸凌水稻田

類固醇霸凌骨骼
化療霸凌白血球
帳單霸凌現實的存摺
眼淚霸凌著夢境的枕頭
日曆霸凌日子遠去的腳步聲
她的音容不斷霸凌遺忘的意志
臥房掛著那幅婚紗照日夜霸凌我雙眼

原載二〇一五年八月十日《自由時報・副刊》

九 歌 文 庫 1 3 2 9

新世紀20年詩選（2001-2020）上

國家圖書館出版品預行編目（CIP）資料

新世紀20年詩選. 2001-2020 / 蕭蕭主編. -- 初版.
臺北市：九歌, 2020.06
冊； 公分. -- (九歌文庫；1329-1330)
ISBN 978-986-450-293-6(上冊：平裝)
ISBN 978-986-450-294-3(下冊：平裝)
ISBN 978-986-450-295-0(全套：平裝)

863.51 109006293

主　　編——蕭蕭
編　　委——白靈、向陽、焦桐、陳義芝
執行編輯——鍾欣純
創 辦 人——蔡文甫
發 行 人——蔡澤玉
出版發行——九歌出版社有限公司
臺北市八德路3段12巷57弄40號
電話／25776564 傳真／25789205
郵政劃撥／0112295-1

九歌文學網　www.chiuko.com.tw

印　　刷——晨捷印製股份有限公司
法律顧問——龍躍天律師・蕭雄淋律師・董安丹律師
初　　版——2020年6月

定　　價——480元
書　　號——F1329
I S B N——978-986-450-293-6